大学生经典阅读解题式导读丛书

走进《西游记》

周海平 编著

苏州大学出版社

图书在版编目(CIP)数据

走进《西游记》/周海平编著.—苏州:苏州大学出版社,2019.3
(大学生经典阅读解题式导读丛书)
ISBN 978-7-5672-2251-9

Ⅰ.①走… Ⅱ.①周… Ⅲ.①《西游记》研究-高等学校-教材 Ⅳ.①I207.414

中国版本图书馆CIP数据核字(2018)第264320号

走进《西游记》

周海平 编著

责任编辑 史创新

苏州大学出版社出版发行
(地址:苏州市十梓街1号 邮编:215006)
宜兴市盛世文化印刷有限公司印装
(地址:宜兴市万石镇南漕河滨路58号 邮编:214217)

开本 880mm×1230mm 1/32 印张6 字数167千
2019年3月第1版 2019年3月第1次印刷
ISBN 978-7-5672-2251-9 定价:16.00元

苏州大学版图书若有印装错误,本社负责调换
苏州大学出版社营销部 电话:0512-67481020
苏州大学出版社网址 http://www.sudapress.com
苏州大学出版社邮箱 sdcbs@suda.edu.cn

《大学生经典阅读解题式导读丛书》
编委会

主　任　　王　燕　　倪春虎　　尤小红
副主任　　孙金娟　　尹自强　　周　梅　　朱原谅
成　员　　（按姓氏笔画排序）
　　　　　　　王　任　　白小斌　　孙士现　　严　妍
　　　　　　　应文豪　　张云霞　　陆振华　　陈　梅
　　　　　　　陈　新　　费志勇　　顾元华　　顾国梅
　　　　　　　钱　丹　　徐正兴　　章志勇　　蒋　超

编者的话

在历史长河中积淀而成的经典书籍,指示着人类精神文化的基本走向。阅读经典,对于塑造灵魂、启迪智慧、陶冶情操、提升斗志、丰富生活具有不可替代的作用。常熟理工学院立足大学教育本位,于2015年启动大学生经典阅读工程,本着经典性、思想性、普适性和可拓展性原则,初选了30本涵盖文学、历史、哲学、政治、社会学、法学和教育学等领域的经典书籍,引导大学生开展课外阅读。我们期望通过经典阅读,学生的精神素质得到逐步提升;以经典阅读完善学生人格,让经典阅读成为校园生活不可或缺的部分。为了让学生更好地阅读并理解经典书籍,我们组织编写了"解题式导读丛书"。本丛书是在经典阅读考试系统题库的基础上编写而成的,旨在帮助学生通过解题式阅读加深对经典原著的理解,全面准确地把握经典原著的知识体系。当然,解题式导读只是帮助学生完成对经典原著的识记任务,它不能直接承担起帮助学生对经典原著的理解、运用和批判任务。但是,识记作为基础性的认识活动,是理解、运用和批判的前提,没有识记性认识,高一级的认识则无从谈起。从这个意义上说,解题式导读和解题式阅读是很有意义的。我们相信,丛书的编撰和出版,必将推动大学生经典阅读走向深入,从而推动校园文化建设,提高学校的文化格调和文化品位。我们相信,经过我们的努力,经典性、科学性、时代性、开放性一定会成为大学的基本品格,"爱读书、读好书、善读书"一定会成为大学生的基本特征。

目 录

阅读指导 …………………………………………… 1

一、齐天大圣传奇 ………………………………… 7

二、唐玄奘西行取经 ……………………………… 26

三、师徒会聚西行 ………………………………… 39

四、悟空除妖忙,师徒磨合难 …………………… 51

五、路途妖邪多,唐僧又逐孙悟空 ……………… 66

六、除妖修禅双进益,师徒进入天竺郊 ………… 119

七、历尽九九难,终至脱胎境 …………………… 175

八、师徒取经回东土,各自成功得正果 ………… 181

阅读指导

一、吴承恩掠影

《西游记》是明代吴承恩所作的长篇神魔小说。吴承恩,字汝忠,号射阳,江苏涟水人,后徙山阳(今江苏淮安)。弘治十三年(1500),吴承恩出身于一个学官沦落为商人的家庭。他父亲为他取名承恩,字汝忠,希望他能读书做官,上承皇恩,下泽黎民,做一个青史留名的忠臣。吴承恩自幼敏慧,博览群书,尤喜爱神话故事、志怪小说等。他还精于绘画,擅长书法,爱好填词度曲,喜欢收藏名人的书画法帖。他少年时就因文才出众而出名,但在科举中屡遭挫折,嘉靖中才补贡生。嘉靖三十七年(1558),因受人诬告,吴承恩在县丞任上"拂袖而归"。晚年以卖文为生,绝意仕进,闭门著述,最终在贫穷中逝世。五十岁左右时,他写了《西游记》的前十几回,因故中断了多年,晚年辞官回到故里,才得以继续创作《西游记》。他的著作尚有《禹鼎记》与《射阳集》四册四卷等,惜多散佚。吴承恩的诗文"率自胸臆""师心匠意",现尚存二百四十余首诗歌词曲等,多富有历史与艺术价值。

二、小说主旨

《西游记》是中国古代第一部浪漫主义章回体长篇神魔小说,中国古代四大长篇小说之一。小说以"唐僧取经"这一历史事件为蓝本,吸取了宋元以来民间文学的精华,又进行了高超的艺术加工,构成了情节跌宕起伏、故事完整严密的鸿篇巨制。小说的主要情节:孙悟空出世后拜师学艺,大闹天宫,被如来佛压在五行山下五百年。后来他得到前去西天取经的唐僧的救助,又遇见了猪八戒、沙和尚和小白龙。他们结伴西行,一路降妖伏魔,保护唐僧取经,经历了九九八十一难,自己也不断修行,终于到达西天见到如来佛祖,最终五圣成真,且取回真经回到大唐。

《西游记》通过神魔故事,曲折而尖锐地揭露了封建社会,特别是明代社会的黑暗和封建统治者的腐朽残暴。小说通过对天宫、地府、西天等神权机构和人间王国的描写,影射了现实中皇权统治的黑暗。以玉帝为代表的天宫,经孙悟空一闹,便土崩瓦解,可见是一个虚弱的统治集团。以如来为代表的西天却被写成贿赂公行的黑暗王国。以阎罗为首的地府本是执法最严之地,但同样营私舞弊。唐僧取经所经九个王国,国王大都是昏君,如比丘国国王宠爱妖精化成的美女,朱紫国国王"为老婆就不要江山"。作品所描写的天宫、地府、西方极乐世界和人间王国,无不充满着肮脏和丑恶,从而曲折地反映了皇帝的昏聩、朝廷的腐败。

另外,小说中所写的许多妖魔鬼怪,大都是影射明代横行霸道的权臣。圣婴大王红孩儿,把周围山神土地勒索得"披一片,挂一片";如意真仙把持了落胎泉,老百姓求水,必须拿花红表里、羊酒果盘奉献……这些幻化的妖魔,构成了一幅明中叶社会的百丑图,深刻反映了明代社会豪强横行、官府敲剥的社会现实。值得注意的是,这些妖魔大都与神、佛有密切的关系,如狮驼岭的大鹏是如来佛的舅舅,无底洞的老鼠精是托塔天王的干女儿等,其内涵更加耐人寻味。

小说通过对道教、对道士的抨击,不仅斥责了道教的虚妄,而且有着鲜明的现实针对性。明世宗极好道教,道士邵元节、陶仲文等被封为"真人",官至礼部尚书。小说中写了许多作恶多端的道士,如惑乱国君的车迟国虎力、鹿力、羊力三大仙和比丘国的国丈等。这一方面影射了道士的妖言惑政,另一方面也含沙射影地攻击了明代东、西厂的特务统治。

《西游记》精心塑造了孙悟空的形象。一部《西游记》几乎就是孙悟空的英雄传奇。作者把敢于斗争、不畏强权、坚忍顽强、活泼乐观等品质集中在了他身上。作者歌颂他敢于闹天宫、闯龙宫、斗冥府,同天庭地府的最高统治者做斗争的叛逆精神。取经的过程中,他以最大的毅力和勇敢,以惊人的智慧和才干,战胜一切妖魔险阻的英雄业绩,表现了他为了实现美好理想、完成伟大事业而英勇顽强、战胜重重困难的斗争精神,集中体现了古代人民要求消灭社会邪恶势力的强烈愿望。孙悟空藐视一切权威。他在龙宫"唬得老龙王胆战心惊,小龙子魂飞魄散";在冥府,他使十殿阎王躬身作揖。他敢于自称齐天大圣,高喊"皇帝轮流做,明年到我家"。对人间之王，他更是蔑视。他用马尿和药丸给国王治病。这种无法无天，敢于向神、佛、天庭、地府、水界、人间的一切权威挑战的反抗精神，是孙悟空的基本特点，这体现了人民的革命精神。孙悟空爱憎分明。他仇恨一切残害人民的妖精魔怪，对受苦受难的群众和善良的人们却有着深厚的感情。他为车迟国的五百名无辜和尚解除了灾难；在比丘国他救出了一千一百一十一个小孩的性命。可是他对害人的妖精，却毫不留情。三打白骨精时，尽管唐僧念紧箍咒使他头痛难忍，仍然动摇不了他除恶务尽的决心。这一特点，寄托了古代人民要彻底铲除邪恶势力的强烈愿望。孙悟空还具有超凡的智慧、卓绝的才能、洞察一切的眼力和清醒的头脑。他能在异常复杂的情况下敏锐地发现疑点，揭穿妖魔的伪装。他善于观察了解，经常找当地山神土地查询情况，或用火眼金睛观察动静，或变成各种小飞虫到魔洞内部去探听虚实。孙悟空的斗争艺术，凝结着古代人民丰富的斗争经验和卓越的智慧。

《西游记》也有一定的局限性。取经本身就是一种宗教活动，书中不少地方宣扬"佛法无边""因果报应"等宗教观念，以及儒、佛、道"三教归一"的主张。小说写孙悟空最终皈依佛门，虽说是情节发展的必然要求，但也反映出作者思想的局限性。

《西游记》是我国文学史上一部杰出的充满奇思异想的小说。作者创造了一系列妙趣横生、引人入胜的奇异故事，在奇幻世界中曲折地反映出世态人情和世俗情怀，表现了鲜活的人间智慧，具有丰满的现实血肉和浓郁的生活气息。

三、艺术成就

《西游记》的艺术，最直感的就是幻与趣。小说通过大胆丰富的艺术想象、引人入胜的故事情节，创造出一个神奇绚丽的神话世界。孙悟空活动的世界近于童话的幻境，而且那里有各种各样稀奇有趣的妖怪。《西游记》的人物、情节、场面，乃至所用的法宝、武器，都极尽幻化之能事，却都凝聚着现实生活的体验，在奇幻中透出生活气息，折射出世态人情。在中国古典小说中，《西游记》是趣味性和娱乐性最强的一部作品。虽然取经路上尽是险山恶水，妖精魔怪层出不穷，胜利来之不易，但读者的阅读感受总是轻松的，充满愉悦的。《西游记》的奇趣，跟人物形象的思想性格相辉映。孙悟空豪爽乐观,猪八戒滑稽诙趣却憨厚朴实,他们幽默诙谐,妙趣横生。作者将神性、人性和自然性三者很好地结合起来,使得人物形象趣味横生。《西游记》还展现了一个神化了的动物世界,同时又熔铸进社会生活的内容。

长篇小说的结构几乎是其成败的关键。《西游记》的结构,粗看是一条单线。《西游记》的主线是"西天取经"的历程,但是第一部分与第二、三两部分从叙事上看,缺乏足够的逻辑联系。从结构单元看,第一至七回是孙悟空传,第九至十二回是取经缘起,第十三至一百回是取经过程。第八回作为一个联结性要素,上承孙悟空传,下接唐僧出世,有些特别。如果从"修心"角度看,将"取经"看成是一项"修心"活动,那么前七回中孙悟空的反天活动,意味着其心的堕落。这就使得前七回成了"修心"的内因。《西游记》正是设了两个取经缘起,而且前一个是远因,更是推动取经的内因;后一个是近因,但它只能作为一种外因。《西游记》的结构以"内因—外因—取经过程—结果"的发展脉络凸显出来,这很清楚地表明了它的单线整体性。

《西游记》的结构是以"取经"这一终极目的为旨归的单线结构。考察师徒四人的历险故事,不难发现其叙事模式惊人的相似:遇险—排难—再遇险—再排难。前一险与后一险之间,往往有一段相似的关于季节更替的语句,如第六十四回开首:"却说师徒四众,走上大路,却才收回毫毛,一直西去。正是时序易迁,又早冬残春至,不暖不寒,正好道遥行路。忽见一条长岭,岭顶上是路。"这段话,先对上回遇险总结,然后插入季节性描写,随后再写遇到新的磨难,而磨难的征兆是突然横亘在面前的一座高山或一条大河。这样的结构安排可使叙事节奏加快,增强小说内在的吸引力,也可以添加悬念,再一次勾起读者的阅读期待。作为游记小说,人物的流动性决定了它采取链状的直线叙事。为了将情节与结构共构起来,作者采用了环状叙事、伏笔等情节处理方式。首先,在直线叙事中增加环状叙事。具体做法是,在长度为两到三回的情节之前常冠以一回主题上有关联而结构上却相对独立的章节。小说第五十三回至五十五回叙述了三个故事,一是唐僧师徒误饮子母河水而怀孕,二是西梁国女王要招唐僧为夫,三是毒敌山的蝎子精强逼唐僧成亲。三个故事独立成章,构成取经路上的三难,但情节上互为因果,结构上可视为一个整体。纵观《西游记》所叙述的故事,可以分成十几个由若干个小故事连缀起来的故事群。情节之间环环相扣,互为因果。其次是采用中国古典小说中常见的伏笔手法。此种伏笔,一方面把事情的来龙去脉交代清楚,前后呼应,合情合理;另一方面,使情节紧密贯穿在以主旨为统领的叙事结构中。最明显的例子来自牛魔王家族。牛魔王五百年前曾和孙悟空结拜为兄弟,其后他的儿子红孩儿与唐僧师徒为难,牛魔王的妻子铁扇公主又将取经队伍阻隔在火焰山;第六十回牛魔王赴碧波潭九头虫的宴会,更直接暗示了第六十一回的祭赛国金光寺的宝珠被盗。在某一单元故事情节内,伏笔依然发挥出很大的逻辑推进作用。如第三十、三十一回中"智激美猴王"一节,在这一细节之前,猪八戒可谓深思熟虑,步步为营,为后来请回孙悟空埋下多处伏笔。其一,猪八戒充分利用自己的外貌和体形来做文章。当悟空笑道:"抬起头来我看。"于是八戒夸张地把嘴往上一伸:"你看么!你认不得我,好道认得嘴耶!"这样一幅滑稽相,终于让悟空也忍不住笑了。其二,八戒善于察言观色,见机行事。他极力渲染沙僧、白龙马和妖精的厮杀,其目的在于:做徒弟的,就应该为师父排忧解难。他搬出了观音菩萨,因为菩萨一直是悟空最敬重的人之一。果然,行者见说起菩萨,便有了三分儿转意。其三,八戒充分地掌握了悟空的喜好和弱点。他知道悟空好奉承,便处处投其所好:"师父在马上正行,叫声'徒弟',我不曾听见,沙僧又推耳聋;师父就想起你来,说我们不济,说你还是个聪明伶俐之人,常时声叫声应,问一答十。"一席话说得悟空心花怒放。另外,他也充分利用了悟空争强好胜的弱点。当悟空说道:"若有妖魔捉住师父,你就说老孙是他大徒弟。怎么却不说我?"八戒趁机激将道:"哥啊,不说你还好哩;只为说你,他一发无状!"并绘声绘色地杜撰妖精的言辞:"是个甚么孙行者,我可怕他!他若来,我剥了他皮,抽了他筋,啃了他骨,吃了他心!"终于说动悟空去救师父。

　　作者塑造人物形象,多用对比和映衬的手法,使人物形象的各自特征愈加鲜明。孙悟空的智与猪八戒的憨,悟空的目光敏锐与唐僧的愚昧无知,还有各种妖魔的各自兵器特技以及与悟空的变化神通,都相映成趣,形象鲜活。

四、阅读方法

任何文学作品都是一定社会生活的反映。从《西游记》虚幻的神魔世界中，我们处处可以看到现实社会的投影。小说里经常特意点出一些明代的官职建制，比如祭赛国的锦衣卫，锦衣卫是明代才有的特殊组织；比如朱紫国的司礼监和会同馆，这两个机构也是明代才有的；比如唐太宗朝的大学士，其实唐太宗时没有大学士，明代才有。阅读这样的作品可以使我们比较感性而深刻地认识古代社会。《西游记》反映的生活面极广，上至天庭，下至地府，海内海外，朝廷百姓，贵族缁衣，百工巧匠，甚至各种花鸟虫鱼，无不尽显其笔下。阅读这样的小说，开眼界，阔思维，增知识。作者的人生经历与旨趣也与过分正统的书生不同，思想具有一定的包容性，因此作品给我们提供了了解传统文化比较全面的视野。

面对这样的作品，我们该如何来读呢？当然仁者见仁，智者见智，各有各的法门。作为鉴赏，我们的阅读有很大的自由度。不过，一些基本的阅读规范与技巧也是需要注意的。首先，全书的坐标是要准确定位的。小说的主要情节是西行取经，一路上历尽艰险，最后扫除了所有的妖魔鬼怪（社会邪恶势力），取得了成功。这基本上表明了只有消灭社会一切邪恶，才能有太平盛世、理想社会。小说的内线是只有涤尽内心所有污泥恶秽，才能获得灵魂的净化，如悟空清除争强好胜等心理污秽，八戒扫清贪欲情魔等。其次，作者思想比较复杂，对各家持开放态度，对宗教没有明确的扬抑，各宗教的性质与教义需要我们自己去领会。虽然小说对许多道士极尽讽刺，但并非完全贬斥道教，如对五庄观道士颇为欣赏。作者其实奉行三教归一的思想。我们不能根据部分情节随意揣测作者意图。第三，根据自己兴趣最大自由度地阅读欣赏。文学是以具体可感的形象表现生活、表达作者的思想的，而形象与思想之间的关系是很复杂的，这给我们的解读带来了很大的空间。小说中的形象各象征什么、书中情节影射什么社会对象，等等，并没有固化的结论，各人自可寻迹探讨；整体把握式欣赏可以，个别片段把玩也是可以的；品味其中某个人物可以，将某一类人物合起来鉴赏也可以……总之，只要是从作品中获得的感受，又能在作品中确实找到合理解释的阅读，都是可以的。

（本书所用版本：吴承恩著《西游记》，人民文学出版社2009年版）

一、齐天大圣传奇

（第一回—第七回）

内容简介

花果山的一块仙石，受日精月华，由一仙胎，产一石卵，化作一个石猴。石猴寻得源头水帘洞，入主洞中，改名美猴王。三五百年之后，忽然忧恼，产生对生死的恐惧，非要学个不老长生。于是，一路寻道。他登上木筏达南赡部洲地界，又行至西牛贺洲地界，终拜得菩提祖师为师，取名孙悟空。他勤奋学习，习得了七十二变与筋斗云。因在众人面前耍弄，被师父赶走了。回到水帘洞，他剿了混世魔王，到东海龙宫觅得称心兵器如意金箍棒。他还在阎王那里横冲直撞，把生死簿上猴属之类一概勾之。终被闹到天宫，玉帝招安，封官"弼马温"。后知道弼马温乃是未入流的小官，被玉皇大帝欺骗，一怒之下回到了花果山自称"齐天大圣"。玉帝派托塔李天王带天兵天将前去镇压，结果被悟空打得大败，玉帝被迫再次招安，封"齐天大圣"。孙悟空看守蟠桃园，因蟠桃会未曾请他，他吃尽园中大桃，又耍计赴瑶池，喝光仙酒，吃尽太上老君葫芦内的金丹。悟空自知闯下大祸，就逃回花果山。玉帝令托塔李天王率天兵去捉拿悟空。悟空打退了众天神，观音举荐二郎神征剿悟空。二郎神与悟空大战三百回合未分胜负。二人比试变化的本领，悟空多次变化，都被二郎神识破。太上老君趁悟空不备，用金刚琢将悟空打晕，将悟空擒获。悟空被押至八卦炉中，老君想用三昧真火将悟空烧死。经过七七四十九天，悟空非但没有被烧死，反而炼成了火眼金睛！他冲出八卦炉，再次把整个天庭打得一塌糊涂。玉帝只好向如来佛祖求救。如来提出，只要悟空能翻出自己的手掌心，就叫玉帝将天宫让给悟空。孙悟空使出十万八千里的筋斗云，却只跳到如来佛祖的手指处。悟空汗颜，欲逃之夭夭，如来翻下手掌变成五行山,悟空被压在山下。

　　这一部分虽然不长,但孙悟空的基本特点已经得到充分展现。他藐视一切权威,勇于跟一切权威斗争。他与混世魔王等宵小斗,与天庭玉帝斗,与地府阎王斗,连如来佛也不放在眼里。他渴望自由,渴望生命的无限。当然他也争强好胜,喜欢被恭维,不怜惜其他生命的存在。这些应该是他必须修心的原因。

　　这个片段体现了作者丰富的想象力和创造力,也显示了一定的神秘性。

自我检测

一、单项选择题

1. 长篇小说《西游记》出现于我国(　　)代。
   A. 清　　　　B. 明　　　　C. 元　　　　D. 唐
2. 《西游记》的作者是(　　)。
   A. 曹雪芹　　B. 罗贯中　　C. 吴承恩　　D. 吴敬梓
3. 小说《西游记》是(　　)。
   A. 神话小说　B. 言情小说　C. 短篇小说集　D. 神魔小说
4. 《西游记》中最突出的人物形象是(　　)。
   A. 孙悟空　　B. 唐僧　　　C. 猪八戒　　D. 如来
5. 孙悟空的出生地在(　　)。
   A. 东胜神洲　B. 西牛贺洲　C. 南赡部洲　D. 北俱芦洲
6. 孙悟空出生的国度叫(　　)。
   A. 中国　　　B. 日本　　　C. 朝鲜　　　D. 傲来国
7. 孙悟空西去取经前的主要活动地是(　　)。
   A. 昆仑山　　B. 喜马拉雅山　C. 花果山　　D. 茅山
8. 孙悟空在花果山被群猴推举为猴王是因为(　　)。
   A. 能够翻筋斗云　　　　B. 会魔法
   C. 有火眼金睛　　　　　D. 穿越水帘进出山洞
9. 群猴称孙悟空为(　　)。

A. 万岁王　　B. 美猴王　　C. 千岁大王　　D. 神魔王

10. 孙悟空远道寻仙修道时的交通工具是用（　　）编的筏子。

A. 竹子　　B. 枯松　　C. 巨大独木　　D. 铁皮

11. 孙悟空拜师学艺的地方是（　　）。

A. 东猴神洲　　B. 西牛贺洲　　C. 南猪部洲　　D. 北犬芦洲

12. 被孙悟空第一次叫"老神仙"的人其实是一个（　　）。

A. 要饭人　　B. 老道士　　C. 砍柴人　　D. 念佛人

13. 孙悟空的师父叫（　　）。

A. 观世音　　B. 阿难　　C. 须菩提　　D. 文殊

14. 孙悟空师父须菩提的住处叫（　　）。

A. 神通山　　　　　　　B. 妖魔山
C. 灵妙山　　　　　　　D. 灵台方寸山

15. 孙悟空开始给祖师行拜礼却被赶出是因为（　　）。

A. 路途遥远，难以速至　　B. 不愿收他为徒
C. 收徒的程序　　　　　　D. 跟他开个玩笑

16. 祖师之所以给孙悟空定姓孙是因为（　　）。

A. 孙悟空本来是个猢狲　　B. 依照来的辈分
C. 长得过于瘦小　　　　　D. 孙字有神仙意味

17. 祖师给孙悟空起名为悟空是从（　　）。

A. 收徒辈分排行起的　　　B. 孙悟空将来功业起的
C. 以后信仰佛教角度起的　D. 孙悟空结局角度起的

18. 须菩提祖师收美猴王为徒后立即教他（　　）。

A. 法术　　　　　　　　　B. 应对周旋礼节等
C. 背诵佛教经典　　　　　D. 念咒语

19. 祖师真正教悟空法术是悟空至此后（　　）年。

A. 五　　B. 六　　C. 七　　D. 八

20. 孙悟空明白到师父处学道已经七年，是因为（　　）。

A. 过了七个春节　　　　　B. 过了七个圣诞节
C. 吃了七番桃子　　　　　D. 仔细计算过的

21. 孙悟空跟师父学道，一心想学（　　）。

9

A. 趋吉避凶之术　　　　　　B. 诸子百家之术
C. 清静无为之术　　　　　　D. 长生不老之术

22. 祖师看到悟空几个法术都不愿学,在他头上打了三下,众人惊惧。祖师意思是(　　)。
A. 叫悟空三更去受道　　　　B. 对悟空怒不可遏
C. 警示众徒　　　　　　　　D. 教悟空三个法术

23. 祖师打了悟空后,倒背着手走入里面,意思是(　　)。
A. 再不愿见悟空　　　　　　B. 发泄怒火
C. 暗示众徒　　　　　　　　D. 教悟空从后门进去

24. 孙悟空从师父那里学了法术之后回去,其他道徒此时在(　　)。
A. 睡觉　　B. 起身　　C. 洗脸　　D. 用早餐

25. 祖师传悟空七十二变化是根据(　　)数。
A. 天罡　　B. 地煞　　C. 洞天　　D. 福地

26. 悟空起先练习霞举飞升,仅仅往返(　　),被师父说成爬云。
A. 二里左右　　B. 三里左右　　C. 五里左右　　D. 六里左右

27. 悟空学的"筋斗云"是一个筋斗就有(　　)。
A. 二万五千里　　　　　　　B. 十万里
C. 十万五千里　　　　　　　D. 十万八千里

28. 悟空在师兄面前卖弄本事,变化出的是(　　)。
A. 一间房子　　B. 一条蛇　　C. 一棵松树　　D. 一只鸟

29. 师父叫悟空走,悟空问哪里去,师父说:(　　)。
A. 傲来国花果山　　　　　　B. 西方极乐世界
C. 从哪里来便到哪里去　　　D. 神仙世界

30. 悟空学道回来,立即看到听到的是(　　)。
A. 鹤唳猿啼悲情　　　　　　B. 众猴热烈欢迎
C. 山花烂漫　　　　　　　　D. 桃红柳绿

31. 孙悟空回到花果山第一次打败的妖魔是(　　)。
A. 混世魔王　　B. 白骨精　　C. 牛魔王　　D. 红孩儿

32. 孙悟空要改变众猴武器,首先去(　　)取了大量各类武器。
A. 东海龙王府　　B. 傲来国　　C. 西天佛国　　D. 上天仙府

33. 孙悟空将许多武器运回花果山用了（　　）法。
A．摄使狂风　　B．筋斗云　　C．火眼金睛　　D．避水

34. 从花果山去东海龙宫要经过（　　）。
A．南海　　　　　　　　B．东海
C．西海　　　　　　　　D．花果山铁板桥

35. 孙悟空在水中行走（　　）。
A．要变成鱼虾　　B．要变成龟鳖　　C．要使闭水法　　D．要变成龙

36. 孙悟空进入龙宫通报时自称（　　）。
A．龙王好友　　B．天生圣人　　C．齐天大圣　　D．弼马温

37. 东海龙王名叫（　　）。
A．敖广　　　　B．敖钦　　　　C．敖顺　　　　D．敖润

38. 孙悟空在龙宫取神铁是（　　）。
A．龙王直接给的　　　　B．龙王无奈给的
C．龙婆龙女提醒龙王的　　D．孙悟空自己找到的

39. 孙悟空拿了金箍棒，又要披挂，这披挂是（　　）。
A．东海龙宫的　　　　　B．西海龙宫的
C．南海龙宫的　　　　　D．三海龙王凑齐的

40. 悟空拿到的定海神针上有这样几个字：（　　）。
A．"定海神针"　　　　　B．"镇海神铁"
C．"镇海神柱"　　　　　D．"如意金箍棒"

41. 美猴王游走阴间地府是在（　　）时候。
A．饮宴　　　　B．睡梦　　　　C．操练　　　　D．游玩

42. 悟空被两个鬼索至地府，大发其怒，大发其威，惊动了（　　）。
A．阎罗王　　　B．玉帝　　　　C．十代冥王　　D．如来

43. 孙悟空来到森罗殿，查看专管众生寿命生死的本子（　　）。
A．生死簿　　　B．阳寿簿　　　C．地府账　　　D．生命账

44. 地府内生死簿上规定孙悟空的寿命是（　　）。
A．一万岁　　　　　　　B．一千岁
C．一百岁　　　　　　　D．三百四十二岁

45. 孙悟空大闹地府，乱涂生死簿后，（　　）就上表玉帝告状。

A. 阎罗王　　　B. 地藏王菩萨　C. 观世音菩萨　D. 文殊菩萨

46. 玉帝听到孙悟空闹地府、拿神针,就要捉拿他,是(　　)劝阻的。

A. 哪吒　　　　B. 李天王　　　C. 太白金星　　D. 太上老君

47. 太白金星领悟空首次来到天上,在(　　)接受玉帝接见。

A. 灵霄殿　　　B. 森罗殿　　　C. 金銮殿　　　D. 大成殿

48. 悟空上天做弼马温是(　　)。

A. 玉帝专门留给他的　　　　B. 有意让他出洋相给的

C. 太白金星提议的　　　　　D. 找不出其他空位

49. 孙悟空做弼马温开始态度(　　)。

A. 认真负责　　B. 专意游玩　　C. 边玩边管　　D. 只想做官

50. 孙悟空刚开始做弼马温时(　　)。

A. 并不知道品级　　　　　　B. 以为品级很高

C. 以为不高也不低　　　　　D. 并不计较高低

51. 悟空说上天才半月余,众猴却说已经十几年,这是因为(　　)。

A. 两处计算时间标准不同　　B. 天上一日,下界一年

C. 天界地府阴阳相异　　　　D. 感觉不同

52. 孙悟空后来叫"齐天大圣",这名称是(　　)。

A. 悟空自拟的　　　　　　　B. 众猴商议的

C. 龙王起的　　　　　　　　D. 独角鬼王建议的

53. 孙悟空公开叫"齐天大圣",这是在(　　)。

A. 玉帝封号后　　　　　　　B. 打败天兵天将后

C. 做弼马温回到花果山后　　D. 送唐僧西天取法后

54. 玉帝要捉拿妖猴,(　　)自告奋勇前去。

A. 太白金星　　B. 太上老君　　C. 李靖和哪吒　D. 二郎神

55. 天兵首先与孙悟空交战的是(　　)。

A. 二郎神　　　B. 巨灵神　　　C. 雷公　　　　D. 牛魔王

56. 与孙悟空拜为兄弟的牛魔王在悟空称"齐天大圣"后,也起个大号叫(　　)。

A. "混天大圣"　　　　　　　B. "平天大圣"

C. "移山大圣" D. "驱神大圣"

57. 天兵天将第一次与孙悟空大战失败后,就( )。
   A. 去请了如来 B. 找了二郎神
   C. 派更多兵将 D. 听太白金星改变策略

58. 太白金星建议给孙悟空( )来解决问题。
   A. 封个"齐天大圣"空衔 B. 封个品级较高的官衔
   C. 骗上天毒死 D. 上天游玩不给实职

59. 孙悟空第一次在天上做的弼马温官品属于( )。
   A. 低级品位 B. 较低品位 C. 较高品位 D. 没有品位

60. 大闹天宫时,孙悟空属于( )。
   A. 神猴 B. 妖猴 C. 圣猴 D. 普通猿猴

61. 作为"齐天大圣",孙悟空整天在天上( )。
   A. 走亲访友 B. 修炼仙道 C. 到处游荡 D. 饮宴交友

62. 让孙悟空管理蟠桃园,是因为( )担心他无事生非而提议玉帝下诏的。
   A. 太白金星 B. 玉帝
   C. 观世音菩萨 D. 许旌阳真人

63. 孙悟空得到任命立即去蟠桃园查勘,园中土地公公( )。
   A. 不知道此任命 B. 立即欢迎他上任
   C. 立即引导他查看 D. 没有理睬他

64. 土地向孙悟空介绍蟠桃园里前后有( )棵蟠桃树。
   A. 一万 B. 三千六百 C. 十万 D. 一百万

65. 蟠桃园前面一千二百棵蟠桃( )年一熟。
   A. 一千年 B. 二千年 C. 三千年 D. 五千年

66. 蟠桃园中间一千二百棵蟠桃( )年一熟。
   A. 五千年 B. 六千年 C. 七千年 D. 八千年

67. 蟠桃园后面一千二百棵蟠桃( )年一熟。
   A. 六千年 B. 七千年 C. 八千年 D. 九千年

68. 悟空看到蟠桃大半成熟了,就( )吃了一饱。
   A. 支开了土地等随从 B. 先隐身后疯狂

C．直接爬上树　　　　　　D．请示玉帝后

69．王母娘娘在（　　）开"蟠桃胜会"。
A．灵霄殿　　B．金銮殿　　C．瑶池　　D．天池

70．为开蟠桃会，进入蟠桃园摘桃的七衣仙女是（　　）。
A．王母娘娘的七个女儿　　　B．穿七种颜色服装的仙女
C．七个仆从姐妹　　　　　　D．七位最美的仙女

71．七位仙女进园摘桃时没有看到悟空，是因为悟空（　　）。
A．到别处游玩了　　　　　　B．在后面吃蟠桃
C．变成桃子长在树上　　　　D．变为小人睡着了

72．悟空听到王母娘娘要举行蟠桃会，首先关心的是（　　）。
A．有哪些好吃好喝的　　　　B．在什么地方举行
C．在什么时候举行　　　　　D．自己是否在邀请之列

73．孙悟空听到按照旧规自己不在出席蟠桃会的尊席中，就立刻（　　）。
A．大发猴威　　　　　　　　B．非常恼火
C．先去弄清实际情况　　　　D．无所谓

74．去打听有没有邀请自己出席蟠桃会的确切消息时，悟空（　　）。
A．把仙女定身　　　　　　　B．求仙女去说情
C．找太白金星　　　　　　　D．直接找玉帝

75．孙悟空去瑶池路上，第一个遇到的仙人是（　　）。
A．太上老君　　B．赤脚大仙　　C．太白金星　　D．龙王

76．悟空来到瑶池，想享用美酒珍肴，就用（　　）把当场的准备人员解决了。
A．定身法　　B．瞌睡虫　　C．金箍棒　　D．障眼法

77．悟空在瑶池喝酒醉了，跌跌撞撞到了（　　）。
A．齐天府　　B．灵霄殿　　C．金銮殿　　D．兜率宫

78．来到兜率宫，悟空如吃炒豆似的吃了大量的仙丹，这是（　　）。
A．早先设计好的　　　　　　B．早有此意
C．误打误撞　　　　　　　　D．老君请的

79. 在兜率宫吃了许多仙丹后,孙悟空( )。
   A. 非常害怕,赶紧逃走　　　　B. 非常高兴,法力大增
   C. 很是担心,立刻悔罪　　　　D. 很是得意,大闹天宫

80. 孙悟空吃了大量仙丹,知道闯了大祸,逃回花果山用的是( )。
   A. 隐身法　　　　　　　　　B. 筋斗云
   C. 遁地法　　　　　　　　　D. 穿越时空法

81. 为了众猴也能够品尝仙酒,悟空又折回瑶池取了四个瓶罐,在洞里举行( )。
   A. 蟠桃会　　B. 仙酒会　　C. 结义会　　D. 仙饮会

82. 玉帝听到王母等状告孙悟空,就立即( )。
   A. 差天兵天将捉拿　　　　　B. 请佛祖制服
   C. 派纠察灵官缉访　　　　　D. 开除孙悟空仙籍

83. 十万天兵捉拿悟空,以( )为主帅。
   A. 四大天王　　B. 二十八宿　　C. 南北二神　　D. 李天王

84. 九曜星官来洞口叫战,孙悟空( )就与之开战。
   A. 看见门被打破　　　　　　B. 立刻
   C. 喝了几口酒　　　　　　　D. 跳起来

85. 十万天兵下凡捉拿孙悟空,最先出阵的是( )。
   A. 二郎神　　B. 九曜星官　　C. 四大天王　　D. 哪吒

86. 观音大徒弟木叉与孙悟空交战五六十回合,结果( )。
   A. 不分胜负　　　　　　　　B. 木叉略占上风
   C. 悟空赢了　　　　　　　　D. 木叉被杀

87. 玉帝正无奈何悟空,观音举荐( )去擒拿孙悟空。
   A. 如来　　B. 二郎神　　C. 昴日星官　　D. 太上老君

88. 二郎神是玉帝的( )。
   A. 外甥　　B. 朋友　　C. 仇人　　D. 敌人

89. 领命前去调动二郎神的是( )。
   A. 大力鬼王　　B. 木叉　　C. 猪八戒　　D. 哪吒

90. 二郎神的妈妈是玉帝的( )。

A．小女儿　　　B．大女儿　　　C．外甥女　　　D．妹妹

91．遇到二郎神，孙悟空开始（　　）。

A．就与他厮打起来　　　　B．套近乎

C．不愿与他厮打　　　　　D．很害怕

92．三百余回合不分胜负，二郎神与孙悟空就斗（　　）。

A．拳脚功夫　　　　　　　B．变化长高功夫

C．口舌功夫　　　　　　　D．念咒语功夫

93．二郎神与孙悟空斗法，最后悟空落了下风，原因是（　　）。

A．二郎神确实厉害　　　　B．悟空见群猴惊散心慌

C．缠斗时间过长疲惫　　　D．二郎神有人帮助

94．孙悟空变成麻雀，二郎神就变成（　　）来扑打。

A．秃鹫　　　B．猫头鹰　　　C．蟒蛇　　　D．饿鹰

95．见二郎神变成老鹰，悟空就变成（　　）冲天飞去。

A．鹚老　　　B．秃鹫　　　C．大雁　　　D．狐仙

96．孙悟空变成一座土地庙，只是（　　）不好变化，变成了旗杆，被二郎神识破。

A．鬃毛　　　B．金箍棒　　　C．美猴王头饰　　　D．尾巴

97．二郎神找不到孙悟空，只好用李天王的（　　）寻找悟空踪影。

A．风火轮　　　B．混天绫　　　C．照妖镜　　　D．火眼金睛

98．孙悟空最后被擒，是因为关键时刻被（　　）砸中了脑袋。

A．二郎神　　　　　　　　B．观音净瓶

C．老君金钢琢　　　　　　D．哪吒风火轮

99．孙悟空被擒时躺倒在地上，因为被（　　）。

A．石头绊倒了　　　　　　B．二郎神的狗咬了

C．佛祖的手按倒了　　　　D．赤脚大仙扇子扇倒

100．孙悟空被擒后，玉帝下旨押至斩妖台（　　）。

A．砍头　　　　　　　　　B．焚烧

C．五马分尸　　　　　　　D．刀砍斧剁，雷打火烧

101．孙悟空被押解到斩妖台，玉帝用尽各种刑罚难以伤身，最后一招是（　　）。

A．八卦炉锻炼　　B．观音降服　　C．金星劝降　　D．佛祖制服

102．在兜率宫，老君用了（　　）火想把悟空烧成灰烬。

A．最猛烈的　　B．缓慢的　　C．文武　　D．八卦

103．孙悟空的火眼金睛炼成主要是因为（　　）。

A．火力持续烧制成的　　　B．无火而风搅的烟雾熏的

C．风火烟雾共同作用　　　D．八卦的神秘力量

104．悟空在八卦炉中被炼了（　　）天。

A．八十一　　B．六十六　　C．九十九　　D．四十九

105．大闹天宫是在孙悟空（　　）之后。

A．知道弼马温品级　　　B．扰乱了蟠桃会

C．八卦炉锻炼　　　D．没有封齐天大圣

106．在天宫，所有天神无可奈何孙悟空，玉帝派游奕灵官去请（　　）来帮忙。

A．西方佛老　　B．弥勒佛　　C．观音菩萨　　D．唐僧

107．如来应玉帝之请前往制伏悟空，叫（　　）相随，其他佛徒依然坐禅。

A．阿难　　　B．迦叶

C．观音菩萨　　　D．阿难和迦叶

108．如来批评悟空不该取代玉帝，因为玉帝曾修持（　　）。

A．一万五千劫　　　B．一千七百五十劫

C．五千劫　　　D．三千劫

109．孙悟空认为可以取代玉帝的理由是（　　）。

A．玉帝枉为天帝　　　B．玉帝已经昏庸

C．天帝也该轮流　　　D．天庭需要改革

110．佛祖与悟空打了（　　）之赌，决定是否取代玉帝。

A．两人武功高低　　　B．两人内功高低

C．谁更有道理　　　D．筋斗能否跳出手掌

111．悟空为了做记号表示已到天边，在如来手指上（　　）。

A．写了一行大字　　　B．撒了一泡尿

C．拉了一泡屎　　　D．取了一些土样

112. 最后如来用（　　）山把悟空压在底下，才制伏了他。
    A. 阴阳　　　B. 五行　　　C. 天罡　　　D. 地煞
113. 如来离开天庭，回西方世界前，专门召了土地和五方揭谛来对悟空（　　）。
    A. 施刑　　　B. 时满释放　　C. 监押　　　D. 教育
114. 根据佛祖临走时的交代，孙悟空在山底下，饿了可以吃（　　）。
    A. 蟠桃　　　B. 香蕉　　　C. 火龙果　　　D. 铁丸子

二、多项选择题

1. 就一日论，十二个时辰各表自然之现象：（　　）。
    A. 丑则鸡鸣　　　B. 卯则日出　　　C. 午则天中
    D. 戌则黄昏　　　E. 亥则人定
2. 天有四象：（　　）。
    A. 日　　　B. 月　　　C. 光
    D. 星　　　E. 辰
3. 自然有三才：（　　）。
    A. 天　　　B. 阴　　　C. 地
    D. 阳　　　E. 人
4. 石猴穿过瀑布，跳过铁桥，见一石碣，上有：（　　）。
    A. 阴阳交界处　　　B. 花果山福地　　　C. 地狱门口边
    D. 水帘洞洞天　　　E. 人鬼隔离带
5. 中国古人把动物分成五类：（　　）。
    A. 倮虫　　　B. 毛虫　　　C. 羽虫
    D. 鳞虫　　　E. 介虫
6. 通背猿猴说（　　）这三者躲过轮回，不归阎王管。
    A. 基督徒　　　B. 佛　　　C. 穆斯林
    D. 仙　　　E. 神圣
7. 古人对心有一些别称：（　　）。
    A. 方寸　　　B. 斜月三星　　　C. 灵台

D. 软肋　　　　　E. 鸡肋

8. 佛教根据修行程度和方法的不同分为三乘:(　　)。
A. 下乘　　　　　B. 上乘　　　　　C. 大乘
D. 中乘　　　　　E. 小乘

9. 祖师须菩提告诉悟空流字门之道有许多:(　　)。
A. 儒家　　　　　B. 释家　　　　　C. 道家
D. 阴阳家　　　　E. 医家

10. 须菩提对悟空说静字门中道有不少:(　　)。
A. 辟谷　　　　　B. 守谷　　　　　C. 睡功
D. 入定　　　　　E. 坐关

11. 动字门中之道有:(　　)。
A. 有为有作　　　B. 采阴补阳　　　C. 攀弓踏弩
D. 摩脐过气　　　E. 服妇乳

12. 悟空学道经历颇长:(　　)。
A. 飘过东洋大海　B. 走过南赡部洲　C. 渡过西洋大海
D. 达到西牛贺洲　E. 跨过北美洲

13. 悟空带领猴儿来到傲来国兵器馆,各种都有:(　　)。
A. 刀　　　　　　B. 枪　　　　　　C. 斧
D. 矛　　　　　　E. 镰

14. 花果山满山怪兽:(　　)。
A. 狼　　　　　　B. 虎　　　　　　C. 豹
D. 神獒　　　　　E. 獐

15. 东海龙王听说花果山圣人孙悟空到访,携(　　)出宫迎接。
A. 龙子　　　　　B. 龙孙　　　　　C. 蝮蛇
D. 虾兵　　　　　E. 蟹将

16. 龙王先后拿出(　　)等武器让悟空挑选。
A. 大捍刀　　　　B. 九股叉　　　　C. 切菜刀
D. 画捍方天戟　　E. 神珍铁

17. 海龙王共有四个,他们的名字是(　　)。
A. 东海龙王敖广　B. 西海龙王敖闰　C. 南海龙王敖钦

D. 北海龙王敖顺　　　E. 中海龙王敖民

18. 悟空在花果山结交了七兄弟，其中有（　　）。
A. 牛魔王　　　B. 蛟魔王　　　C. 鹏魔王
D. 狮驼王　　　E. 猕猴王

19. 阴间天子有十代冥王，其中有（　　）。
A. 秦广王　　　B. 宋帝王　　　C. 阎罗王
D. 都市王　　　E. 转轮王

20. 悟空来到御马监，会聚（　　）等大小官员。
A. 监丞　　　B. 监副　　　C. 典簿
D. 力士　　　E. 太医

21. 玉帝闻报弼马温自动离职，派（　　）等天将擒拿。
A. 托塔李天王　　B. 哪吒三太子　　C. 巨灵神
D. 鱼肚将　　　E. 药叉将

22. 既然孙悟空称作齐天大圣，其他六兄弟各起大圣名称，如（　　）。
A. 平天大圣牛魔王　B. 覆海大圣蛟魔王　C. 混天大圣鹏魔王
D. 移山大圣狮驼王　E. 通风大圣猕猴王

23. 齐天大圣府内设两个司：（　　）。
A. 勾魂司　　　B. 安静司　　　C. 盥洗司
D. 宁神司　　　E. 体操司

24. 齐天大圣得玉帝点差管理蟠桃园，土地爷领众人来见大圣，他们是：（　　）。
A. 锄树力士　　B. 运水力士　　C. 开车力士
D. 修桃力士　　E. 打扫力士

25. 王母举行蟠桃会，据摘桃仙女说，请了（　　）。
A. 菩萨　　　B. 西天佛老　　　C. 圣僧
D. 齐天大圣　　E. 罗汉

26. 玉帝闻齐天大圣搅乱天宫，非常恼怒，即差天兵天将剿灭，被差的有（　　）。
A. 四大天王　　B. 二十八星宿　　C. 九曜星官
D. 十二元辰　　E. 五方揭谛

27. 孙悟空后来与二郎神斗变化,他先后变成( )。
A. 麻雀　　　　　B. 大鹚老　　　　C. 鱼儿
D. 水蛇　　　　　E. 花鸨

28. 齐天大圣被二郎神抓住的原因有( )。
A. 被老君的金钢琢打了天灵盖
B. 被二郎神的犬咬了腿肚子
C. 被观音净瓶撞了鼻子
D. 被李天王的塔罩住了
E. 被哪吒的混天绫缠绕

29. 孙悟空被二郎神抓住后受到许多考验,如( )。
A. 刀砍斧剁,枪刺剑刳　　　　　B. 大火煨烧
C. 雷屑钉打　　　　　　　　　　D. 深水浸泡
E. 八卦炉中锻炼

30. 如来应玉帝之邀降猴,带了( )两位尊者。
A. 观世音菩萨　　B. 迦叶　　　　C. 文殊
D. 阿难　　　　　E. 达摩

31. 孙悟空认为自己有资格坐天位的原因是( )。
A. 皇帝轮流做,明年到我家　　　　B. 他有七十二般变化
C. 他万劫不老长生　　　　　　　　D. 他会驾筋斗云
E. 他擅长游泳

32. 如来将他的五指化为五座连山,分别是( )。
A. 土　　　　　　B. 水　　　　　C. 火
D. 金　　　　　　E. 木

33. 道教中的三清指的是( )。
A. 玉清元始天尊　　B. 金清终极天尊　　C. 上清灵宝天尊
D. 下清元宝天尊　　E. 太清道德天尊

34. 如来帮助玉帝降服孙猴,收到许多礼物,如( )。
A. 王母亲摘蟠桃
B. 老君贡献紫芝瑶草、碧藕金丹
C. 赤脚大仙献交梨、火枣

D. 少林住持献《易筋经》

E. 卞和献和氏璧

三、判断题

1. 历史上的唐僧取经前后花了十七年时间,取得梵文佛经六百多部,《西游记》中说唐僧取经花了十四年时间,取得佛经三十五部。（　）

2. 孙悟空、猪八戒和沙和尚的形象在宋代就已经出现在陈玄奘取经故事中了。（　）

3. 《西游记》作者吴承恩生活于明代道教泛滥的时代,小说有可能讽刺这种社会风气。（　）

4. 小说中唐僧的无能、胆怯、贤愚不分与猪八戒的缺乏恒心、私欲强烈等很好地反衬了孙悟空的形象。（　）

5. 中国古人习惯于用甲乙丙丁戊己庚辛壬癸这十个天干和子丑寅卯辰巳午未申酉戌亥十二个地支搭配起来计时。（　）

6. 《易经》是中国古代专门论述哲学思想的著作。（　）

7. 东海中有一座花果山,山顶有块仙石,因见风就化为一个石猴,这就是小说中孙悟空的出世。（　）

8. "山中无甲子,寒尽不知年"是形容与世隔绝或者生物界的情况的。（　）

9. 水帘洞里面有一石碣,上书一行楷书"花果山福地,水帘洞洞天",这说明此地属于伊斯兰教的性质。（　）

10. 石猴虽然天天自由自在,但想到还受阎王管束,有生有灭,不禁悲伤,这是比较原始的儒家思想观念。（　）

11. 石猴虽然已成美猴王,但是离开众猴云游天下,学习躲过阎王管辖之术,这说明石猴天生具有"三不朽"的思想基础。（　）

12. 道教经典《黄庭经》有《黄庭内景经》等六种。（　）

13. 小说中的须菩提是印度佛教史上释迦牟尼佛的十大弟子之一,作为孙悟空的师父已经是一个中国化的艺术形象。（　）

14. 根据道教的说法,人的灵魂经过了修炼后就叫元神,它不可以离开人的肉体自由来去。（　）

15. 辟谷是道家的修炼方法之一,指通过停止进食而排除体内浊物,从而增进虚静境界,也叫休粮。（ ）

16. 祖师告诉孙悟空,只有一日之内游遍四海五洲才算腾云。（ ）

17. 祖师问孙悟空要学哪个变化时说,天罡数七十二变化,地煞数三十六变化,悟空决定学七十二变化。（ ）

18. 祖师要孙悟空立刻离开,并且以后不许提起师父名号,这是因为祖师预计到悟空会闯祸的。（ ）

19. 美猴王学道去后,一个住在水脏洞的混世魔王屡次欺凌猴子,孙悟空回来后把此魔王杀了。（ ）

20. 孙悟空杀了混世魔王后想到操练众猴,但是缺乏真的武器,后来老猴提醒他附近傲来国城里肯定有大量兵器,悟空就只身去取了许多。（ ）

21. 孙悟空因为自己并非血肉之躯,而是石头所化,所以对别人称自己是天生圣人。（ ）

22. 东海龙王的神珍铁,到悟空手上就叫如意金箍棒,龙王以为他拿不动就说送他,被拿走后后悔莫及,北海龙王出主意叫上天诛杀悟空。（ ）

23. 孙悟空南柯一梦去阴间地府勾掉了生死簿上猴类名字,以至于后来假悟空出现在阎罗殿时找不到此猴信息。（ ）

24. 玉帝第一次要擒拿孙悟空是因为东海龙王、冥司秦广王和太上老君告状引起的。（ ）

25. 孙悟空第一次招安由文曲星拟诏,太白金星为大使前去花果山招安。（ ）

26. 悟空接受第一次招安,虽然知道官位品级很低,但是他极想去天上玩玩,就愉快地答应了。（ ）

27. 孙悟空一开始担任弼马温一职,虽明知官位极低,但刚上任还是想先把工作做好,表现一番;时间久了不见升官就发火了。（ ）

28. 到天上任职的履历给孙悟空镀了金,使得两个独角鬼王也来投诚,鬼王就提议孙悟空做"齐天大圣",悟空欢喜地接受了。（ ）

29. 御马监负责人弹劾孙悟空,玉帝大怒,派托塔李天王为降猴大

元帅,带领众天兵天将前去剿灭。(　)

30．自从打败了天兵天将,孙悟空的声威愈隆,七十二洞妖王前来祝贺,他的其他六兄弟(包括牛魔王)全部封为大圣。(　)

31．太白金星又来花果山招安,说玉帝已经同意孙悟空称为齐天大圣,悟空非常高兴,立即跟金星去天上,说明悟空还是比较幼稚。(　)

32．王母举行蟠桃会,孙悟空以为作为齐天大圣肯定在被邀之列,但询问摘桃仙子被羞辱了一番,因此恼怒起来破坏蟠桃会。(　)

33．喝了大量琼浆仙液,孙悟空醉了,懵懵懂懂地闯进了兜率宫,一时性起吞吃大量金丹。(　)

34．孙悟空从天上偷偷地回到花果山,其实是酒醒后明白自己闯了什么性质的祸才畏祸逃回的。(　)

35．孙悟空最终被擒,主要是二郎神和梅山六兄弟出战的结果,与太上老君无关。(　)

36．悟空的火眼金睛是在八卦炉中被炼丹的大火熏烤的结果。(　)

37．如来的五个手指头化作金、木、水、火、土五行山把孙悟空压住了,一直压了五百年。(　)

38．把孙悟空的大问题解决以后,如来得到天宫各路神仙崇敬,并且收到大量珍贵礼物。(　)

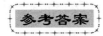

参考答案

一、单项选择题

1．B	2．C	3．D	4．A	5．A	6．D	7．C	8．D
9．B	10．B	11．C	12．C	13．C	14．D	15．A	16．A
17．A	18．B	19．C	20．C	21．D	22．A	23．D	24．A
25．B	26．C	27．C	28．C	29．C	30．A	31．B	32．B
33．A	34．B	35．C	36．B	37．C	38．C	39．D	40．D
41．B	42．C	43．A	44．D	45．D	46．C	47．C	48．D
49．A	50．A	51．C	52．D	53．C	54．C	55．D	56．B
57．D	58．A	59．D	60．B	61．D	62．D	63．D	64．B

65. C   66. B   67. D   68. A   69. C   70. B   71. D   72. D
73. C   74. A   75. B   76. B   77. D   78. C   79. A   80. A
81. B   82. C   83. D   84. A   85. B   86. C   87. B   88. A
89. A   90. D   91. C   92. B   93. B   94. D   95. A   96. D
97. C   98. C   99. B   100. D   101. A   102. C   103. B   104. D
105. C   106. A   107. D   108. B   109. C   110. D   111. A   112. B
113. C   114. D

二、多项选择题

1. ABCDE   2. ABDE   3. ACE   4. BD   5. ABCDE
6. BDE   7. ABC   8. CDE   9. ABCDE   10. ABCDE
11. ABCDE   12. ABCD   13. ABCDE   14. ABCDE   15. ABDE
16. ABE   17. ABCD   18. ABCDE   19. ABCDE   20. ABCD
21. ABCDE   22. ABCDE   23. BD   24. ABDE   25. ABCE
26. ABCDE   27. ABCDE   28. AB   29. ABCE   30. BD
31. ABCD   32. ABCDE   33. ACE   34. ABC

三、判断题

1. 对   2. 错   3. 对   4. 对   5. 对   6. 错   7. 对   8. 对
9. 错   10. 错   11. 错   12. 对   13. 对   14. 错   15. 对   16. 错
17. 错   18. 对   19. 对   20. 对   21. 对   22. 错   23. 对   24. 错
25. 对   26. 错   27. 错   28. 对   29. 错   30. 对   31. 对   32. 错
33. 对   34. 对   35. 错   36. 错   37. 对   38. 对

二、唐玄奘西行取经

（第八回—第十二回）

内容简介

　　孙悟空被压在五行山下五百年后，如来佛祖为了传授真经，也为了悟空能够修心服法，命令观音菩萨去寻找高僧接受西天取经的任务。观音菩萨带着木叉来到五行山下告诉悟空，以后自有救你之人，你要保护他西天取经。他们变作一个老和尚和一个小和尚奉旨去了长安。泾河龙王为使袁守诚预卜落空，私改降雨时辰、雨量，又以所占失准捣毁袁守诚卦铺。袁守诚断言龙王因违旨将被唐丞相魏征处斩，并让龙王向唐太宗求生路。太宗梦龙王求情，许之，命魏征入朝随侍，使其不能斩龙。魏征与太宗下棋时，梦斩老龙。当晚太宗梦龙王索命，自此身心不安而患病。为防神鬼作乱，他令秦叔宝和尉迟恭夜守宫门。太宗不久亡故，在阴间遇到魏征旧友，现为阴间判官的崔珏。崔珏为太宗添寿二十年。唐太宗复活后，登朝宣布大赦天下，严禁毁僧谤佛。众人推举玄奘主持水陆大会，太宗许之。唐太宗正在命唐玄奘讲佛经，变作老和尚的观音取出袈裟、宝杖，问能否去西天取经见佛祖。唐太宗推荐了玄奘，买下了袈裟与宝杖，玄奘也毅然应命带着白龙马前去取经。

　　这部分一般称为"取经缘起"。释迦牟尼佛决定在东土物色一位合适人选从佛国取回真经，拯救在轮回中罪孽深重的众生。玄奘被确定为最终人选，因为他前世是佛祖徒弟，因不敬佛法而堕落至此，现在该有个还原的机会；玄奘前世今生犯了很重的罪，需要通过取经历险洗心革面；玄奘已经对佛法产生敬重之心，需要考验……这是《西游记》的事由缘起。

　　这几回交代唐僧取经缘由，其中有许多涉及中国文化的内容颇值得我们注意。唐僧父亲考中状元并立刻娶妻、封官,后来被劫,妻子产下遗腹子,唐僧在寺庙里长大。唐僧得知自己身世后,报了杀父之仇,最终落发为僧。这类故事或全部,或部分,在古代各类民间文学中相当普遍。袁守诚卖卜,这样的身份和故事在古代也极为常见,特别是唐朝,风水与算卦之风盛行。唐太宗病重期间,秦叔宝和尉迟敬德两员大将守门,防止厉鬼进入宫门,这自然属于迷信,但是我国民间一直把此二人作为门神,沿袭至今。唐太宗灵魂进入地府,李建成与李元吉看到了,就来索命,这自然也属于迷信,但也暴露了统治阶级内部的血腥与残暴,历史上的明君唐太宗也是打折扣的。如此等等。小说的各处都有值得玩味的地方。

自我检测

一、单项选择题

115. 佛祖有三藏真经,想要传至东土,却只能找一个取经人,这是因为东土人( )。
 A. 众生愚蠢,不明旨要   B. 好杀生,多淫荡
 C. 贪淫乐祸,性拙情疏   D. 敬天礼地,信儒道

116. 佛祖要求选择取经人观音踏看路道,行走时要( )。
 A. 亲自在地面走一遍   B. 半云半雾
 C. 霄汉中行进   D. 大气层外面行

117. 如来给观音一件袈裟,让他给取经人穿着,因为此袈裟有( )的功能。
 A. 腾云驾雾   B. 抵御妖魔危害
 C. 免堕轮回   D. 不遭毒害

118. 佛祖给观音三个紧箍儿,目的是( )。
 A. 降妖除恶   B. 专制服孙悟空
 C. 降服妖魔入佛门   D. 让取经人作头饰

119. 观音去东土经过灵山脚下,先在( )遇见金顶大仙。
 A. 法门寺   B. 基督教堂   C. 清真寺   D. 玉真观

120. 沙和尚住在流沙河之前是( )。

A．灵霄殿的卷帘大将   B．灵山上的护卫将军
C．玉真观的道童   D．清真寺的阿訇

121．沙和尚被处罚是因为在蟠桃会上(　　)。
A．戏弄嫦娥   B．打碎玻璃盏
C．进退失礼   D．迎宾不谨

122．在流沙河第一次遇到观音,沙和尚是想要(　　)。
A．拜观音为师   B．挣脱苦海
C．去西天取经   D．吃掉观音等人

123．沙和尚的法号叫(　　)。
A．悟能   B．悟明   C．悟净   D．悟静

124．沙和尚挂在脖子上的"项链",其中的珠子其实是(　　)。
A．珍珠   B．被他吃掉的人骷髅
C．流沙河里的贝壳   D．东海龙珠

125．猪八戒在天上时是(　　)官职。
A．天蓬元帅   B．托塔天王   C．雷神   D．电神

126．猪八戒之所以成为丑陋的猪子,是因为(　　)。
A．玉帝惩罚   B．佛祖惩罚   C．上帝惩罚   D．投错了胎

127．猪八戒所在的住处是(　　)。
A．野猪山   B．昆仑山   C．福陵山   D．灵山

128．观音首次遇到玉龙是在(　　)。
A．灵霄殿   B．阎王殿
C．龙宫   D．去东土的空中

129．后来变为白马的玉龙原来是(　　)之子。
A．东海龙王敖广   B．西海龙王敖闰
C．南海龙王敖钦   D．北海龙王敖顺

130．观音和大徒弟来到长安,以(　　)模样现身城中。
A．疥癞游僧   B．云游道士   C．传教士   D．化斋尼姑

131．观音在长安寻找取经真僧,暂时居住在(　　)。
A．天主教堂   B．基督教堂   C．土地神祠   D．社稷坛

132．唐僧父亲陈光蕊考中状元后,获跨马(　　)三日的荣耀。

A．畅游皇宫　　　　　　　　B．郊游
C．皇家花园采花　　　　　　D．游街

133．游街过程中,经过丞相殷开山门首,丞相女儿温娇(　　)给陈光蕊,喜结良缘。

A．赠哈达　　B．抛绣球　　C．扔彩带　　D．系红头绳

134．唐太宗询问陈光蕊状元应授何官时,魏征提议可任(　　)州主。

A．江州　　　B．苏州　　　C．杭州　　　D．润州

135．陈光蕊得了官职后,就(　　)赴任。

A．带了妻子、母亲　　　　　B．立刻离京
C．拜别同僚后　　　　　　　D．只带母亲

136．陈光蕊带了母亲、妻子前往江州途中,母亲身体不适,光蕊买了鲤鱼(　　)。

A．给母亲滋补　　B．放了生　　C．做成熏鱼　　D．做成鱼脯

137．陈光蕊赴任途中遇到艄水刘洪起了坏心,杀了光蕊,这是(　　)。

A．官瘾作怪　　B．贪财起意　　C．预先设计　　D．色心作怪

138．陈光蕊的尸体抬到龙宫,龙王发现竟然是自己的(　　)。

A．前世冤家　　B．前世好友　　C．救命恩人　　D．前世女婿

139．龙王为了陈光蕊将来可以复仇,在他口内放了一颗(　　)珠。

A．还魂　　　B．长生　　　C．转生　　　D．定颜

140．唐僧生母殷温娇在丈夫被刘洪等杀害后,之所以没有自杀殉夫,是因为(　　)。

A．怀有身孕,不得已　　　　B．刘洪威胁,不敢
C．时空迁移,情感转变　　　D．为了寻找机会报仇

141．刘洪本想淹杀殷温娇的婴儿,幸亏第二天一大早刘洪(　　)。

A．事杂,忘记了　　　　　　B．忽有急事远出
C．忽生怜悯之心　　　　　　D．改变了主意

142．殷温娇把自己孩子抱至河边,把孩子(　　),任其漂浮。

A．放在河边小船上　　　　　B．放在河边竹排上

C．绑在水面木板上　　　　　D．藏在河边草丛中

143．刚出生的唐僧被母亲绑在木板上，漂至（　　），被法明和尚救起。

A．法门寺　　B．金山寺　　C．灵隐寺　　D．净慈寺

144．江流长到18岁就削发修行，摩顶受戒，取法名为（　　）。

A．唐僧　　B．金蝉子　　C．迦叶　　D．玄奘

145．玄奘带了血书和汗衫去江州寻访母亲，师父叫他以（　　）方式去衙门与母相见。

A．化缘　　B．做法事　　C．算命　　D．招徒

146．玄奘母亲与儿子见面之后，立即（　　）。

A．叫他报官除恶　　　　　B．回原寺等待母亲
C．让他带领武僧来除恶　　D．报告唐太宗

147．殷温娇去金山寺会儿子，是以（　　）的理由去的。

A．礼佛　　B．养病　　C．还愿　　D．做法事

148．玄奘与母亲相认的最后一个验证是（　　）。

A．右脚缺一个小指头　　　B．左手缺一个小指头
C．右手缺一个小指头　　　D．左脚缺一个小指头

149．玄奘离开母亲，先去洪州万花店寻找自己的（　　）。

A．爷爷　　B．奶奶　　C．外公　　D．外婆

150．玄奘来到洪州万花店，他奶奶（　　）。

A．住破瓦窑乞讨　　　　　B．还在花店住着
C．早已死了　　　　　　　D．早已回老家去了

151．玄奘奶奶的眼睛瞎了，这是因为（　　）的。

A．久病无钱医治而成　　　B．被人害
C．想儿子哭　　　　　　　D．年老自然瞎

152．殷温娇在丈夫被杀的江口祭奠后，正要投水而死，忽见（　　）浮来。

A．观音菩萨　　B．皇帝御旨　　C．南天寿星　　D．丈夫尸首

153．玄奘父母、奶奶全家团圆后，他妈妈殷温娇最后（　　）。

A．服侍婆婆善终　　　　　B．从容自尽

C. 在家带孙子孙女　　　　　D. 在家念经吃斋

154. 报了杀父之仇,全家团圆之后,玄奘就(　　)。
A. 还俗读书考功名　　　　　B. 在家侍奉祖母
C. 在洪福寺修行　　　　　　D. 在金山寺修行

155. 在长安城西门大街上卖卜算命的人是袁天罡的(　　)。
A. 叔父　　B. 师父　　C. 兄弟　　D. 儿子

156. 龙王把自己变成一个(　　)来试探袁守诚。
A. 卖鱼的　　B. 白衣秀士　　C. 砍柴的　　D. 武士

157. 龙王在袁守诚那里询问下雨的事情,这是因为(　　)。
A. 当时天气没有预报　　　　B. 天气变化难测
C. 开开玩笑　　　　　　　　D. 龙王自己专管下雨

158. 看到玉帝命令龙王下雨的时间、地点和数目与卖卜人说的一样,龙王(　　)。
A. 非常高兴　　　　　　　　B. 非常奇怪
C. 吓得魂飞魄散　　　　　　D. 非常忧虑

159. 龙王接到玉帝下雨旨意,还想赌局赢卖卜人,他只好(　　)。
A. 不去下雨　　　　　　　　B. 听了军师馊主意
C. 改变下雨地点　　　　　　D. 多下了雨点

160. 龙王少下了雨点,改了下雨时辰后,就去卖卜人那里(　　)。
A. 砸了他招牌　　　　　　　B. 嘲笑他不准确
C. 与他一起喝酒　　　　　　D. 讨论预测学问

161. 被龙王砸了招牌,袁守诚的态度是(　　)。
A. 非常恼火　　B. 非常害怕　　C. 非常忧虑　　D. 非常冷静

162. 龙王离开卖卜人处时候,"不觉红日西沉,太阴星上"。太阴星是指(　　)。
A. 月亮　　B. 金星　　C. 火星　　D. 太阳

163. 犯了天条的龙王求袁守诚救命,袁守诚叫他去求(　　),只有他才能保住龙王性命。
A. 唐玄宗　　B. 唐高宗　　C. 唐太宗　　D. 唐高祖

164. 到了午时,唐太宗为了让魏征无法去监斩龙王,与魏征

( )。

A. 饮酒作诗　　B. 两人对弈　　C. 商讨国策　　D. 欣赏歌舞

165. 根据《西游记》等书所载,因护卫唐太宗有效,后来画秦叔宝、尉迟敬德图画作为( )。

A. 门神　　B. 艺术品　　C. 风景画　　D. 人物画

166. 唐太宗魂魄与崔珏交谈间,来到阴阳交界处,城门挂着大牌,写着( )。

A. "山海关"　　　　　　B. "嘉峪关"
C. "潼关"　　　　　　　D. "幽冥地府鬼门关"

167. 在地府的李建成、李元吉看到李世民魂魄,前来索命,其历史根据是( )。

A. 靖康之难　　B. 土木堡之变　　C. 玄武门之变　　D. 七七事变

168. 根据阴司生死簿数据,唐太宗注定只有贞观十三年,后来被崔珏( )改为三十三年。

A. 与阎王说情　　　　　B. 添了两横
C. 给阎王送礼后　　　　D. 与南斗星君商量

169. 在阴司,唐太宗回转来,却没有走旧路,而是走没走过的路,这是因为( )的规矩。

A. 有去路,无来路　　　B. 必须遍游
C. 旅游社　　　　　　　D. 国家法律

170. 书中描述十八层地狱的位置在( )。

A. 阳山前面　　B. 阳山背后　　C. 阴山背后　　D. 阴山前面

171. 依佛教常识,地狱一共有( )层。

A. 七　　B. 九　　C. 十五　　D. 十八

172. 为了做"水陆大会",唐太宗在全国甄选有德行的高僧,结果被选中的是( )。

A. 道安　　B. 玄奘　　C. 慧远　　D. 鸠摩罗什

173. 小说中叙述玄奘被唐太宗赐予管理全国僧人的总僧官( )。

A. 都僧纲　　　　　　　B. 佛教学会会长

C. 佛教协会会长　　　　　D. 宗教局局长

174. 玄奘在领取唐太宗颁赐后,就到(　　)带领 1200 名僧人做四十九天的"水陆大会"。

　　A. 法门寺　　B. 基督堂　　C. 清真寺　　D. 化生寺

175. 观音菩萨决定选择玄奘做西行取经者后,就捧着佛祖给的宝贝在长安街上(　　)。

　　A. 宣讲佛经　　　　　　B. 收佛教门徒
　　C. 叫卖袈裟、锡杖　　　D. 显示法力

176. 一些愚僧看到观音变化的疥癞和尚在高价卖袈裟等,嘲笑观音是(　　)。

　　A. 奸商　　B. 疯子　　C. 小人　　D. 君子

177. 宰相萧瑀在大街上遇到观音和木叉,谈论袈裟与锡杖后就(　　)。

　　A. 一起来到水陆大会　　B. 各自回去
　　C. 一起来到萧瑀家中　　D. 一起来到金銮殿

178. 唐太宗看到观音,听到袈裟与锡杖价格特高,立刻(　　)。

　　A. 与观音讨价还价　　　B. 把观音赶走
　　C. 询问物件有何好处　　D. 训斥了一阵

179. 从观音那里得知袈裟与锡杖的妙处,唐太宗就(　　)。

　　A. 要求送给玄奘　　　　B. 要求降价买下
　　C. 无条件买下　　　　　D. 买下宝物给玄奘

180. 听到玄奘很有德行,观音很高兴,把袈裟与锡杖(　　)。

　　A. 降低价格给了　　　　B. 不要钱奉送
　　C. 直接给了玄奘　　　　D. 交代取法就给了

181. 玄奘第一次穿上观音给的袈裟是在(　　)。

　　A. 朝堂上　　B. 化生寺中　　C. 大街上　　D. 雷音寺中

182. 观音和木叉把袈裟与锡杖给了玄奘之后,他们就(　　)。

　　A. 回如来那里复命去了　　B. 回南海普陀山
　　C. 混在人群中观察玄奘　　D. 安排西行路障

183. 观音在水陆大会上至多宝台边,看到玄奘果然是(　　)。

A．金蝉子转世之相 　　　　　B．得道高僧
C．道行高超 　　　　　　　　D．法力不凡

184．水陆大会上，玄奘宣讲佛经，下面有人拍着宝台厉声高叫"会谈大乘么"，玄奘（　　）。
A．大惊失色　　B．手足无措　　C．哑口无言　　D．心中大喜

185．听到报告有人干扰玄奘讲经，唐太宗就将他们（　　）。
A．请来宣讲大乘 　　　　　B．抓来询问
C．让下人赶走 　　　　　　D．让人押送刑部

186．手下把干扰玄奘说法的两个人推进法堂，唐太宗一看就（　　）。
A．大发雷霆 　　　　　　　B．认得是观音菩萨
C．认出是送袈裟的 　　　　D．明白是不怀好意的

187．唐太宗得知那个人记得大乘佛法三藏，立刻请他上台开讲，那人就（　　）。
A．现出菩萨本相 　　　　　B．上台宣讲佛法
C．踏云飞升西去 　　　　　D．大笑而回南海

188．观音在玄奘宣讲佛经时批评玄奘讲的只是小乘，目的是（　　）。
A．炫耀大乘高明 　　　　　B．鄙视东土落后
C．想要自己登台讲法 　　　D．引导玄奘西行取法

189．得知观音现身，唐太宗与文武官员高兴得忘却了朝礼，都念（　　）。
A．"南无阿弥陀佛" 　　　　B．"南无观世音菩萨"
C．"南无如来佛祖" 　　　　D．"南无弥勒佛"

190．看到观音法相，唐太宗即传旨，选出被称为画圣的（　　）描下菩萨真像。
A．阎立本　　B．顾恺之　　C．吴道子　　D．齐白石

191．唐太宗听说西方有更好的大乘佛经，立即征求取法人，（　　）恳求效劳。
A．法显　　B．鸠摩罗什　　C．惠能　　D．玄奘

192．听到玄奘乐意西行取法,唐太宗特别高兴,称玄奘为（　　）。
A．"御弟圣僧"　　　　　　B．"救命恩人"
C．"得道高僧"　　　　　　D．"佛学大师"

193．玄奘离开长安时,太宗送了（　　）宝物用来化斋。
A．白金碗　　B．紫金钵盂　　C．黄金碗　　D．和田玉碗

194．当唐太宗得知玄奘还没有雅号,给他取了"三藏"为号,原因是（　　）。
A．道家经典为三藏　　　　B．算命公司三藏为最
C．佛经总括为三藏　　　　D．随便起的

195．太宗让玄奘饮酒,玄奘接了酒又推辞,因为（　　）。
A．玄奘不会喝酒　　　　　B．酒是佛家大戒
C．担心其中有毒　　　　　D．怕醉了不能旅行

196．玄奘正要饮酒,太宗弹了一撮尘土在酒中,意思是（　　）。
A．防止途中肠胃不适　　　B．这是朝廷礼义规定
C．帮助他认识归途路　　　D．牢记家乡莫恋他乡

二、多项选择题

35．佛祖在灵山举行盂兰盆会,大众献如下诗：（　　）。
A．福诗　　　　　B．贺诗　　　　　C．禄诗
D．赞诗　　　　　E．寿诗

36．观音前往东土寻找传经人,如来给他五件宝贝：（　　）。
A．锦襕袈裟　　B．九环锡杖　　C．紧箍儿
D．金箍儿　　　E．禁箍儿

37．唐三藏西天取经路上收了四个徒弟：（　　）。
A．孙悟空　　　B．猪八戒　　　C．沙和尚
D．木叉　　　　E．小白龙

38．唐僧刚出生其母就把他放江中,并带证据：（　　）。
A．血书一封　　B．咬掉左脚小指　　C．贴身汗衫一件
D．玉镯一个　　E．金项圈一个

39．唐僧有过这样一些名字：（　　）。

A. 江流　　　　　B. 玄奘　　　　　C. 唐三藏

D. 唐御弟　　　　E. 金蝉子

40. 唐贞观年间,著名文官有:(　　　)。

A. 房玄龄　　　　B. 杜如晦　　　　C. 许敬宗

D. 虞世南　　　　E. 魏征

41. 为唐太宗守门后来成为历代门神的是:(　　　)。

A. 关羽　　　　　B. 秦叔宝　　　　C. 尉迟敬德

D. 吕洞宾　　　　E. 张果老

42. 小说叙述唐太宗在地府街上遇到两个冤家:(　　　)。

A. 李建成　　　　B. 秦始皇　　　　C. 李元吉

D. 隋炀帝　　　　E. 朱元璋

43. 观音与木叉杂于众人之中观察唐僧:(　　　)。

A. 水陆法会情形如何

B. 是否有福穿宝贝袈裟

C. 听他讲的是哪门子经法

D. 容颜是否靓丽

E. 耳朵是否垂肩

44. 唐玄藏在水陆法会上讲的经是:(　　　)。

A.《受生度亡经》　　B.《安邦天宝篆》　　C.《劝修功卷》

D.《金刚经》　　　　E.《坛经》

三、判断题

39. 如来想要把佛经传去东方,因为那里众生愚蠢,毁谤真言,不识佛法旨要,怠慢瑜伽正宗,需劝化众生。(　　)

40. 灵霄殿的卷帘大将仅仅是因为心情不快有意在蟠桃会打碎了一个玻璃杯,就被打了八百,从天庭贬至下界,这就是后来的沙和尚。(　　)

41. 天蓬元帅下凡本来是个英俊靓仔,只是因醉酒迷路,投胎到了母猪腹中成了这样,后来专门吃人过日子。(　　)

42. 猪刚鬣到高老庄做倒插门的女婿,其实是二婚了,也是第二次

倒插门,真可以说他是倒插门的专业户。( )

43. 沙悟净、猪悟能和小白龙,起先是观音菩萨的徒弟,后来成了唐僧的徒弟,帮助他去西天取经。( )

44. 小说描述陈玄奘的父亲是唐贞观十三年状元,通过抛绣球方式与其母宰相千金缔结婚姻。( )

45. 小说描述玄奘父亲陈光蕊放生了一条鲤鱼,后来他被强盗杀害后得到龙王驻颜保护并还魂回阳间,与家人团聚,目的是宣传因果报应。( )

46. 玄奘的奶奶因思念儿子、儿媳哭瞎了眼睛,待孙子玄奘找到她后用舌尖一舔就眼睛复明如初,这是感动天地而产生的奇异而自然的现象。( )

47. 小说叙述玄奘的母亲在丈夫复生、家人团聚后,从容自尽,这是作者封建礼教思想的体现。( )

48. 东海龙王闻长安街上的卖卜先生对下雨之事算得精准,变成白衣秀士来试探,发现真的准确,为了赌局获胜他改变了下雨时间与点数。( )

49. 李世民梦见在地府遭哥哥李建成和弟弟李元吉揪打索命,有现实依据,那就是玄武门事变中此二人被他所杀。( )

50. 崔判官在万国国王天禄簿上找到唐太宗,在其一十三年天禄的"一"上添了两画,阎王看了就说太宗还有二十年阳寿,这说明阴间也有作弊现象。( )

51. 唐太宗的灵魂从阴间回阳间时不能走进去的来路,崔判官解释阴司里"有去路无来路",其实表明了这是一条不归路。( )

52. 十八层地狱是佛教说法,主要表示按罪孽大小处以不同时间和程度的刑罚,例如自杀者因不珍惜生命而堕入"枉死地狱"等。( )

53. 房玄龄、杜如晦、魏征、许敬宗、秦叔宝等都是唐朝贞观年间的著名贤臣。( )

参考答案

一、单项选择题

115. A 116. B 117. C 118. C 119. D 120. A 121. B 122. D
123. C 124. B 125. A 126. D 127. C 128. D 129. B 130. A
131. C 132. D 133. B 134. A 135. A 136. B 137. D 138. C
139. D 140. A 141. B 142. C 143. B 144. D 145. A 146. B
147. C 148. D 149. B 150. A 151. C 152. D 153. B 154. C
155. A 156. B 157. D 158. C 159. B 160. A 161. D 162. A
163. C 164. B 165. A 166. D 167. C 168. B 169. A 170. C
171. D 172. B 173. A 174. D 175. C 176. B 177. D 178. C
179. D 180. B 181. A 182. C 183. A 184. D 185. B 186. C
187. A 188. D 189. B 190. C 191. D 192. A 193. B 194. C
195. B 196. D

二、多项选择题

35. ACE 36. ABCDE 37. ABCE 38. ABC 39. ABCDE
40. ABCDE 41. BC 42. AC 43. ABC 44. ABC

三、判断题

39. 对 40. 错 41. 错 42. 对 43. 错 44. 对 45. 对 46. 错
47. 对 48. 错 49. 对 50. 错 51. 对 52. 对 53. 对

三、师徒会聚西行

（第十三—第二十二回）

内容简介

　　唐僧师徒会聚，一起西行取经。唐僧骑马西行，出边城，夜登双叉岭，被虎魔王部下生擒。太白金星搭救了唐僧。唐僧行至两界山，孙悟空叫喊：我师父来也！唐僧为悟空解脱佛祖封印，且依观音嘱咐收悟空为徒。西行路上，悟空打死六个剪径的强盗，唐僧抱怨不已。悟空纵云离开唐僧，去龙王处，悟空接受龙王劝告，重来保护唐僧。观音授唐僧紧箍咒，给悟空戴上了紧箍咒。他们途径蛇盘山，观音召出恶龙，将其变为白马赐给唐僧当坐骑。行到观音禅院，老住持为谋占袈裟，欲纵火烧死唐僧师徒，黑风山的熊罴怪趁火偷走袈裟。悟空请来观音，又用计征服黑熊怪，取回袈裟。在高老庄收服为害的猪刚鬣。三人到浮屠山逢乌巢禅师，从其处得《心经》一卷。在黄风岭得到灵吉菩萨帮助除了黄风怪，救出唐僧。经过流沙河收服沙和尚，悟净以颈下骷髅结成法船，渡唐僧过河。师徒四人会齐西行。

　　此片段值得玩味之处不少。玄奘来到法门寺（真实地名，位于炎帝故里、青铜器之乡宝鸡市）说道："心生，种种魔生；心灭，种种魔灭。"这句话很能代表佛教的主观唯心主义特点，也可以借此理解佛教根本义理。第十四回师徒遇到六个强盗，分别叫"眼见喜、耳听怒、鼻嗅爱、舌尝思、意见欲、身本忧"，这其实是佛教所谓的"六根"不净，这些为非作歹的人正是六根作孽。孙悟空被紧箍咒管住，从佛教来说是束缚住"心猿"，从悟空角度看是被剥夺了彻底的自由，而本领高强的孙悟空被最无本事的唐僧管住，却也耐人寻味。在观音院悟空与寺僧斗气，拿出唐僧的袈裟给众人观赏，这固然是情节使然，也是悟空单纯的表现。为除黑风山妖怪,观音依悟空之计变作凌虚仙子,行者看了说:"是妖精菩萨,还是菩萨妖精?"观音答:"悟空,菩萨、妖精,总是一念……"这颇有哲理,也是佛理精微之处。悟空在灵吉菩萨帮助下战胜了黄风怪,正要打死它,却被菩萨拦住,因为它是如来灵山脚下的老鼠,只有如来有权给它定罪,这也很可玩味。

自我检测

一、单项选择题

197. 玄奘离开长安西行,第一个到的寺院是(　　)。
　　A. 法门寺　　B. 天童寺　　C. 阿育王寺　　D. 兴福寺

198. 西行取法,玄奘出发时是(　　)。
　　A. 一人独自前行　　　　B. 师徒三人
　　C. 师徒四人　　　　　　D. 师徒五人

199. 唐僧西行,出长安城遇到的第一难是(　　)。
　　A. 出城逢虎　　　　　　B. 路遇强盗
　　C. 折从落坑　　　　　　D. 悬崖掉落

200. 走出大唐边界,玄奘师徒就遇到灾难,结果(　　)。
　　A. 唐僧丢了包裹　　　　B. 唐僧丢了袈裟
　　C. 唐僧丢了锡杖　　　　D. 唐僧损失了徒弟

201. 唐僧师徒陷入坑坎之中,妖怪正要吃掉他们,熊山君与特处士来到,(　　)认为食其二,留其一,暂时没有吃掉唐僧。
　　A. 熊山君　　B. 特处士　　C. 观世音　　D. 孙悟空

202. 在双叉岭上,一个老者把唐僧从坑坎中救出,让他上了大路,那老者其实是(　　)。
　　A. 观音菩萨　　B. 太白金星　　C. 迦叶尊者　　D. 阿难尊者

203. 在双叉岭,唐僧前有猛虎,后有长蛇,左有毒虫,右有怪兽,救他的刘伯钦是(　　)。
　　A. 孙悟空化身　　B. 观音化身　　C. 赤脚大仙　　D. 山中猎户

204. 在刘伯钦家,唐僧多住了一夜,目的是(　　)。

A. 等吃老虎肉 B. 等他们准备干粮
C. 给伯钦亡父超度 D. 与伯钦结拜

205. 刘伯钦送唐僧上大路,一直走到( ),伯钦说不能再过去了,那边不是大唐地界了。

A. 昆仑山 B. 两界山 C. 喜马拉雅山 D. 天山

206. 压着孙悟空的山原来叫( ),后来改名为两界山。

A. 五行山 B. 阴阳山 C. 四大山 D. 如来山

207. 小说中叙述去山顶揭封帖的是( )。

A. 唐僧一人 B. 唐僧与土地神
C. 唐僧与沙和尚 D. 唐僧与刘伯钦一行

208. 孙悟空从山底出来,那匹马见了他很害怕,原因是( )。

A. 悟空相貌凶恶 B. 悟空法力太强
C. 悟空做过弼马温 D. 悟空眼睛露出凶光

209. 玄奘收了神猴为徒,就给他起了个名叫( )。

A. 悟空 B. 行者 C. 头陀 D. 沙弥

210. 唐僧与悟空师徒过了两界山,悟空打死老虎,用毫毛变成( ),剥了虎皮。

A. 牛耳尖刀 B. 杀猪刀 C. 短柄剑 D. 双刃剑

211. 在老陈家,唐僧认了华宗,悟空也洗了个澡,他已经( )年没洗澡了。

A. 一万 B. 五千 C. 一千 D. 五百

212. 孙悟空因唐僧的责难,来到龙王那里喝茶,因张良( )故事回到唐僧那里。

A. "运筹帷幄决胜千里" B. "下邑奇谋"
C. "圯桥三进履" D. "虚抚韩信彭越"

213. 悟空要了嵌金花帽戴上,唐僧念着紧箍咒很见效,悟空知道了原委,就( )。

A. 把唐僧杀了 B. 去南海找观音
C. 用金箍棒撬掉了 D. 只好死心塌地西去

214. 小白龙吃掉唐僧坐骑是在蛇盘山的( )。

A. 鹰愁涧　　　B. 盘丝洞　　　C. 善卷洞　　　D. 流沙河

215. 小白龙斗不过孙悟空躲在水底,最后(　　)去请了观音来收服。

A. 土地公公　B. 金头揭谛　C. 猪八戒　　D. 孙悟空

216. 小白龙所犯之罪是其父告他(　　)。

A. 欺君　　　B. 忤逆　　　C. 杀人放火　D. 拐卖妇女

217. 为了防止意外发生,观音摘了(　　),变成三根救命毫毛,放在悟空脑后。

A. 三个蟠桃　B. 三根松针　C. 三片杨柳叶　D. 三片竹叶

218. 过了鹰愁涧,唐僧师徒来到一处投宿,只见门上有(　　)三个大字。

A. "神仙府"　B. "馒头庵"　C. "栊翠庵"　D. "里社祠"

219. 在观音禅院,悟空一个劲儿撞钟,道人问他为什么这样,悟空答道(　　)。

A. "做一日和尚撞一日钟"　　B. "多撞则多福"
C. "多撞表真心敬意"　　　　D. "不用你管"

220. 观音禅院老院主想要留住袈裟,广智、广谋替他设法,用火烧的办法是(　　)想的。

A. 广智　　　B. 广谋　　　C. 幸童　　　D. 牛魔王

221. 悟空半夜发现禅院僧人欲火烧害死他们,用(　　)保护唐僧免受火灾。

A. 龙王之水　　　　　　　B. 银河之水
C. 广目天王的辟火罩　　　D. 通天河水

222. 观音禅院起火,惊动了黑风山上的妖精,他立刻起身前往,想去(　　)。

A. 抢袈裟　B. 救老院主　C. 救火　　D. 吃唐僧肉

223. 悟空待火熄灭后,立刻把辟火罩送还天王,悟空还对天王说(　　)。

A. "确实想过不还"　　　　B. "想保存一段时间"
C. "不好意思不还"　　　　D. "好借好还再借不难"

224. 观音禅院火灾后,唐僧师徒走出来,那些和尚看到吓得魂飞魄散,以为是(　　)。
    A. 要与他们算账　　　　　　B. 冤魂索命来了
    C. 孙悟空定要打死他们　　　D. 佛祖捉弄他们

225. 观音禅院老院主在火灾后死了,他是因为(　　)。
    A. 袈裟失踪院毁而撞死的　　B. 做了坏事羞愧而死
    C. 看到唐僧师徒被吓死的　　D. 被黑风怪杀死的

226. 在黑风山,孙悟空第一次进入黑风洞是变作(　　)进去的。
    A. 黑风怪　　B. 观音　　C. 小蜜蜂　　D. 金池长老

227. 与黑风怪交好的道人,原来是只(　　),被悟空打死。
    A. 白花蛇怪　　B. 苍狼　　C. 老熊　　D. 老鼠

228. 打死道人后,观音依了悟空,将计就计,悟空变成一颗仙丹,观音变成(　　)。
    A. 白眉道长　　B. 禅院院主　　C. 凌虚子　　D. 太白金星

229. 偷袈裟的黑风怪,最后结局是(　　)。
    A. 替观音做守山大神　　　　B. 被悟空打死了
    C. 做观音善财童子　　　　　D. 做观音侍卫

230. 离开观音禅院,唐僧师徒来到乌斯藏国界,望见一村人家,那是(　　)。
    A. 李家庄　　B. 高老庄　　C. 王家庄　　D. 张家庄

231. 来到高老庄前,悟空碰到一人想要问信,可那人不说,悟空就说了句俗语(　　)。
    A. "善有善报,恶有恶报"　　B. "众人拾柴火焰高"
    C. "与人方便,自己方便"　　D. "惺惺惜惺惺"

232. 高老太爷三个女儿已经嫁了两个,最小的想要(　　),所以没有很早出嫁。
    A. 给老两口子养老送终　　　B. 找个做大官的
    C. 找个大财主　　　　　　　D. 找个女婿撑门抵户

233. 孙悟空答应高太爷擒拿妖怪,就叫老人带女儿离去,自己(　　)等妖怪来。

43

  A. 变作高老爷女儿   B. 坐在门口
  C. 躺在床上   D. 在门口张好网罗

  234. 猪八戒官名叫猪刚鬣,住在福陵山( ),因相貌似猪故姓猪。

  A. 黑风洞   B. 云栈洞   C. 风云洞   D. 摩云洞

  235. 猪刚鬣听到假翠兰说起,家里准备请曾大闹天宫的齐天大圣来拿他,就( )。

  A. 非常高兴见到熟人   B. 正等着同去取经
  C. 非常害怕,赶紧逃走   D. 询问观音现在何处

  236. 猪刚鬣手里习惯使用的武器是( )。

  A. 金箍棒   B. 七齿钉耙   C. 五齿钉耙   D. 九齿钉耙

  237. 猪刚鬣原来是天上水神,官列( )。

  A. 天蓬元帅   B. 银河大将
  C. 诸水总督   D. 天河大元帅

  238. 天蓬元帅在王母蟠桃会时,私自闯入( ),纠缠嫦娥,因此获罪。

  A. 灵霄殿   B. 广寒宫   C. 金銮殿   D. 天妃宫

  239. 天蓬元帅之罪,按天律该斩,是( )说情,改刑锤击二千。

  A. 观音菩萨   B. 如来   C. 太白金星   D. 唐僧

  240. 孙悟空收服猪刚鬣是在( )之后。

  A. 第一次大战   B. 第二次大战
  C. 猪刚鬣询问悟空经历   D. 见了唐僧

  241. 猪刚鬣与悟空讲清来由后,原来住的云栈洞被( )烧得精光。

  A. 孙悟空   B. 沙和尚   C. 唐僧   D. 猪刚鬣

  242. 唐三藏收猪刚鬣为徒,为表郑重,专门( )。

  A. 净手焚香礼拜菩萨   B. 办理高与猪离婚
  C. 举行宴会宴请高家人   D. 宴请高老庄庄人

  243. 猪刚鬣的法名叫( ),是观音菩萨给他起的。

  A. 悟静   B. 悟能   C. 悟净   D. 八戒

244．猪悟能的别号猪八戒是（　　）给他起的。
   A．观音菩萨　　B．孙悟空　　C．唐三藏　　D．如来

245．离开高老庄前夜，高老专门宴请唐僧师徒，把素酒开樽，（　　）。
   A．师徒都没饮酒　　　　B．只唐僧饮了一口
   C．只八戒饮了一杯　　　D．仅悟空师兄弟饮了

246．分别之际，高老拿出二百两银子给唐僧途中费用，唐僧没拿，只有（　　）。
   A．八戒偷偷拿了几两　　B．悟空抓了一把
   C．八戒拿了一袋藏好　　D．他们都没拿

247．离开时，猪八戒与高家的婚姻（　　）。
   A．没有了断　　　　　　B．退了婚
   C．协议离婚　　　　　　D．八戒要了断

248．离开高老庄，师徒来到浮屠山，山中有个修道的（　　）。
   A．乌巢禅师　　B．乌鸦道人　　C．慧远禅师　　D．惠能禅师

249．乌巢禅师住在（　　）的巢穴中。
   A．香桧树上　　B．香樟树上　　C．银杏树上　　D．树底下

250．为了避免一路上魔障伤害唐僧师徒，乌巢禅师传给唐僧（　　），凡五十四句。
   A．《金刚经》　　B．《维摩诘经》　　C．《多心经》　　D．《坛经》

251．唐僧问乌巢禅师西去路程情况，禅师笑着说了一段，其中"水怪前头遇"意为（　　）。
   A．前面会在鹰愁涧遇怪　　B．前面会遇到沙和尚
   C．前面会遇到九头怪　　　D．黄风岭上遇怪

252．离开乌巢禅师，师徒来到山路，悟空说八戒恋家，唐僧叫他回去，八戒（　　）。
   A．取了行李回高老庄　　B．想回去又不好意思
   C．提出分好行李回去　　D．不愿回去，誓言修行

253．黄风岭上，悟空他们追打虎怪，最后只见到虎皮底下石头，悟空才明白中了（　　）。

A. 金蝉脱壳计 B. 三十六计走为上计
C. 瞒天过海计 D. 连环计

254. 黄风洞里,先锋报告抓来了唐僧,洞主听到后就表示(　　)。
A. 立刻要吃唐僧肉 B. 暂缓吃防悟空闹事
C. 将唐僧洗干净蒸熟 D. 准备唐僧肉大宴

255. 悟空与黄风怪厮打好久,后来悟空败下阵来,原因是(　　)。
A. 妖怪喷出烟雾迷眼 B. 妖怪喷出三昧真火
C. 妖怪喷出黄风睁不开眼 D. 妖怪喷出水雾无法睁眼

256. 悟空被黄风怪吹坏了眼睛,来到庄子里,人家用(　　)治好了。
A. 十全大补膏 B. 九阴还魂丹
C. 脑白金 D. 三花九子膏

257. 治好被黄风怪吹坏的眼睛后,悟空要了解唐僧现在的情况,就变成(　　)进入洞里观察。
A. 苍蝇　　B. 蚊子　　C. 小蟹　　D. 蜈蚣

258. 如何制服黄风怪?悟空本无办法,可是黄风怪对小妖说话时露出他的克星是(　　)。
A. 观音菩萨　B. 太上老君　C. 灵吉菩萨　D. 太白金星

259. 太白金星变成一位老者,告诉战胜黄风怪的克星灵吉菩萨在(　　)。
A. 大须弥山　B. 小须弥山　C. 普陀山　　D. 五台山

260. 黄风怪又要张开大口呼风,灵吉菩萨丢下八爪金龙,抓住妖怪摔死,现出(　　)本相。
A. 黄毛老虎　B. 黄毛狮子　C. 黄毛豹子　D. 黄毛貂鼠

261. 黄风怪现出本相后,悟空欲一棒打死它,但是被菩萨止住了,因为(　　)。
A. 如来认为它还不该死 B. 它是观音的下属
C. 它是灵吉菩萨属下 D. 它还有大用

262. 行过八百黄风岭,师徒三人来到河边,石碑上篆体字写着(　　)。
A. "通天河"　B. "银河"　C. "流沙河"　D. "黄河"

263. 来到流沙河边,浪涌如山,一个旋风奔出一个妖怪,(　　)。
　　A. 径抢猪八戒　B. 径抢唐僧　C. 径抢白马　D. 径斗悟空

264. 师徒三人在流沙河岸边商议如何处置妖怪,大家一致认为(　　),才能过河。
　　A. 擒杀此怪　　　　　　B. 先除掉此怪
　　C. 请菩萨降服此怪　　　D. 擒住收服此怪

265. 在流沙河与妖怪大战,悟空与八戒两位比较,(　　)。
　　A. 八戒更见长　　　　　B. 悟空更厉害
　　C. 水中陆上各有长短　　D. 两位差不多

266. 在流沙河对妖怪难以胜出,悟空只能来南海求菩萨,菩萨却批评他们(　　)。
　　A. 不说出东土取经人　　B. 不肯尽力护持师父
　　C. 不会用智慧取胜　　　D. 修炼不到家

267. 观音听到悟空求助后,袖中取出一个红葫芦,(　　)。
　　A. 伴随悟空前去降妖　　B. 叫惠岸跟悟空去
　　C. 让悟空先走自己随后　D. 叫悟空用此降妖

268. 他们渡流沙河的船是将沙僧的九个骷髅穿在一处,按九宫布列,把(　　)放在中间。
　　A. 金箍棒　B. 九齿钉耙　C. 锡杖　D. 葫芦

269. 木叉在空中厉声高叫沙僧的法名(　　)。
　　A. 悟空　B. 悟能　C. 悟净　D. 悟静

270. 渡过流沙河,沙和尚脖子上的九个骷髅(　　)不见了。
　　A. 自然消失　　　　　　B. 化作九股阴风
　　C. 变成九股光线射出　　D. 变成九股烟雾

二、多项选择题

45. 唐僧启程前往西天取经立下了如下誓愿:(　　)。
　　A. 路中逢庙烧香　B. 途中见妖杀妖　C. 征程中遇塔扫塔
　　D. 路上救死扶伤　E. 途中遇佛拜佛

46. 唐僧刚出唐界在双叉岭就遇到三个妖魔:(　　)。

A．野牛精(处士)　　B．兔子精(卯小姐)　C．熊罴精(山君)

　D．野鸡精(酉先生)　E．寅将军(老虎精)

47．三藏在刘太保家为其父念了这些经超度：(　　)。

　A．《度亡经》　　B．《金刚经》　　C．《法华经》

　D．《弥陀经》　　E．《孔雀经》

48．孙悟空还有这样几个名字：(　　)。

　A．猢狲　　　　　B．孙行者　　　　C．美猴王

　D．石猴　　　　　E．斗战胜佛

49．一大早师徒俩离开老陈家,路遇六蟊贼,其中有(　　)。

　A．眼看喜　　　　B．耳听怒　　　　C．鼻嗅爱

　D．舌尝思　　　　E．意见欲

50．为保唐僧取经,观音差遣了许多神祇：(　　)。

　A．一十八位护驾伽蓝　　　　　　　B．四值功曹

　C．五方揭谛　　　　　　　　　　　D．六丁六甲

　E．海神

51．在里社祠唐僧听到庄人一年四次祭社：(　　)。

　A．春耕　　　　　B．夏耘　　　　　C．年丰

　D．秋收　　　　　E．冬藏

52．在观音禅寺里发生的大火参与定计的是：(　　)。

　A．老院主　　　　B．新院主　　　　C．广智

　D．广谋　　　　　E．黑风怪

53．道教仙方将以下三种物质合成金丹：(　　)。

　A．朱砂　　　　　B．人参　　　　　C．汞(水银)

　D．铅　　　　　　E．黄芪

54．来到黑风山,悟空看到草坡前三个妖魔：(　　)。

　A．黑风怪　　　　B．道人　　　　　C．白衣秀士

　D．蝎子精　　　　E．红孩儿

55．高老庄里高老太爷三女儿分别是：(　　)。

　A．春香　　　　　B．秋香　　　　　C．香兰

　D．玉兰　　　　　E．翠兰

56. 高老太爷不愿把女儿嫁给猪刚鬣的原因是因为猪刚鬣（　　　）。
A．食量甚大　　　B．长相难看　　　C．会弄风
D．干活勤谨　　　E．不听话

57. 乌巢禅师答唐僧路程问题时如此骂他徒弟：（　　　）。
A．两界虎呈威　　B．挐龙吞白马　　C．野猪挑担子
D．水怪前头遇　　E．多年老石猴，那里怀嗔怒

58. 灵吉菩萨奉命镇押黄风怪的两个宝贝是（　　　）。
A．定风丹　　　　B．打鱼篮　　　　C．金钢琢
D．乾坤圈　　　　E．飞龙宝杖

59. 黄风洞里的小妖都是些（　　　）。
A．狡兔　　　　　B．妖狐　　　　　C．香獐
D．角鹿　　　　　E．鱼精

60. 流沙河边，行者说的难以驮师父过河的两句话是（　　　）。
A．遭泰山轻如芥子　B．携昆仑白马过隙　C．携凡夫难脱红尘
D．举九鼎轻若鸿毛　E．渡三江难于登天

三、判断题

54. 压住孙悟空的五行山上有一张封皮，写着"唵嘛呢叭咪吽"六字真言，只有唐玄奘才能揭下。（　）

55. 唐僧西行路上收了三个徒弟，并分别给他们起了悟空、悟能、悟净三个法号。（　）

56. 小说叙述孙悟空从五行山下出来后非常高兴，但想到五百年没有洗澡，赶紧下河去痛快地彻底洗了个澡。（　）

57. 师徒路上遇六个强盗，悟空问其名号得知：眼看喜、耳听怒、鼻嗅爱、舌尝思、意见欲和身本忧，这其实在表达佛教中六根需清净之义。（　）

58. 离开师父的悟空在龙王那里听到张良的"圯桥三进履"的故事后，理解了做事要勤勉、坚持，不能倨傲怠慢、半途而废的道理。（　）

59. 观音禅院的老院主已经二百七十岁了，这么高寿主要是他熟悉并持续修炼道家的养生秘诀所致。（　）

60. 黑风洞口门上写了一副对联:"静隐深山无俗虑,幽居仙洞乐天真",表现了洞主人脱垢离尘的趣味。( )

61. 观音扮作道人妖怪,悟空说:是妖精菩萨,还是菩萨妖精?菩萨说:悟空,菩萨、妖精总是一念;若论本来,皆属无有。此乃色空观解。( )

62. 师徒三人在老王家坐下,玄奘问其年龄,他说痴长六十一岁,悟空即说"花甲重逢",其中一花甲是六十。( )

63. 李长庚是太上老君的名号,他经常给孙悟空他们报告路上有危险的信号。( )

64. 小须弥山的灵吉菩萨是如来派来专门镇押黄风怪的。( )

参考答案

一、单项选择题

197. A 198. B 199. C 200. D 201. A 202. B 203. D 204. C
205. B 206. A 207. D 208. C 209. B 210. A 211. D 212. C
213. D 214. A 215. B 216. E 217. C 218. C 219. A 220. B
221. C 222. C 223. D 224. B 225. A 226. D 227. B 228. A
229. A 230. B 231. C 232. D 233. D 234. B 235. C 236. C
237. A 238. C 239. C 240. C 241. D 242. A 243. B 244. C
245. D 246. B 247. A 248. A 249. A 250. C 251. B 252. D
253. A 254. B 255. C 256. D 257. D 258. C 259. D 260. D
261. A 262. C 263. D 264. C 265. C 266. A 267. B 268. D
269. C 270. B

二、多项选择题

45. ACE 46. ACE 47. ABCDE 48. ABCDE 49. ABCDE
50. ABCD 51. ABDE 52. ACD 53. ACD 54. ABC
55. CDE 56. ABC 57. CDE 58. AE 59. ABCD
60. AC

三、判断题

54. 对 55. 错 56. 错 57. 对 58. 对 59. 错 60. 对 61. 对
62. 对 63. 错 64. 对

四、悟空除妖忙，师徒磨合难

（第二十三—第三十一回）

内容简介

　　唐僧师徒四人总算会齐西行，但各人相异处甚多，磨合协调也是一个问题。那天晚上，四人来到松阴里的富丽之家，其实是骊山老母与观音、普贤、文殊菩萨变成母女四人，意在试探四众禅心是否坚固。八戒充分暴露出淫欲之念，结果被捆。接着他们来到万寿山五庄观，万寿山庄观中有树结人参果，吃后长生不老。悟空他们偷吃了三个，二童子大骂唐僧。悟空难忍毁骂，将树弄倒后逃走。镇元子回来纵云赶上，以袍袖将唐僧一行尽笼而回。悟空为医活果树，拜见观音，观音与悟空同来，复活果树。几个行至一座高山，白骨精三次化身想捉拿唐僧吃了，都被悟空识破，三次被打"死"，其实化作烟雾逃走了。唐僧见悟空杀了人，大怒，又有八戒撺掇，唐僧急念紧箍咒，还把悟空赶走了。悟空回到花果山继续做猴王，唐僧误入波月洞，八戒、沙僧与黄袍怪缠斗多时而不胜。宝象国公主帮助唐僧脱险，八戒、沙僧又来灭妖。结果沙僧被擒，妖怪前来宝象国，将唐僧化作老虎，自己在宫里吃人。最后八戒在小龙催促下，请悟空前来擒妖。师徒暂释前嫌，重归于好。

　　这部分内容有两个要点：一是四位西行者是否心诚，即取经意念是否坚定；二是四人能否协调一致。第二十三回的"四圣试禅心"想象颇新奇，谐趣横生。四个菩萨化身母女四人配唐僧师徒四人，而贪念代表猪八戒被暴露禅心不坚，过程很富戏剧性。五庄观偷吃人参果一节也极为精彩，波澜起伏，引人入胜，充分显示了悟空的护师之心和神通广大。我国古代道教与民俗中的福禄寿三星的常识被吴承恩拿来做情节连贯之用；海中三座仙山也被坐实了。最为精彩的是白骨夫人三戏唐三藏，其间师徒的相互信任感不强、唐僧的贤愚不辨、八戒的私心贪念、沙僧的老实木讷、妖魔的狡猾、悟空的智慧锐眼和有情有义等表现得都很充分。因种种外因和内因，师徒四人怀有共同的目标，但是四人的本相与内质等不同，在同一路上屡屡出现矛盾，以致白骨精的奸计差一点得逞。

自我检测

一、单项选择题

271．四人来到西牛贺洲，看到一座庄园，一个妇人出厅迎接，（　　）看去非常妖娆。

A．唐僧　　　B．孙悟空　　　C．沙和尚　　　D．猪八戒

272．妇人一家四位妇女，唐僧师徒也是四人，妇人提出正好相配，（　　）听了心痒难挠。

A．孙悟空　　　B．唐僧　　　C．猪八戒　　　D．沙和尚

273．妇人提出与师徒四人相配，唐僧回绝，妇人大怒，此时唐僧先要（　　）留下来。

A．孙悟空　　　B．猪八戒　　　C．沙和尚　　　D．他自己

274．孙悟空叫八戒留在妇人家享受富贵，八戒（　　）。

A．非常高兴　　　　　　B．立刻答应下来

C．非常愤怒　　　　　　D．假装不愿意

275．猪八戒为了说明留在妇人家有理，说大家都有这样的想法，并说常言道（　　）。

A．"食色性也"　　　　　B．"和尚是色中饿鬼"

C．"本性难移"　　　　　D．"心中有佛万般皆当"

276．"四圣试禅心"一回中，师徒四人为了谁留下的问题，商量没有结果，猪八戒急忙去放马，目的是（　　）。

A．远离是非之地　　　　B．想到马肯定饿坏了

C．想偷偷去会妇人　　　D．想去找吃的

277．"四圣试禅心"一回中，八戒来到后面，看到妇人立即表白自己乐意留下，妇人要他与师父商量，老猪（　　）。

A. 表明不用商量　　　　　　B. 赶快去找师父商量
C. 有些犹豫担心　　　　　　D. 不敢去商量

278. 妇人带了三个女儿排立厅中,师徒四人中只有(　　)淫心紊乱,色胆纵横。

A. 唐僧　　　B. 孙悟空　　　C. 沙和尚　　　D. 猪八戒

279. 八戒第一次单独遇到妇人时叫她(　　),充分表明他希望被招女婿。

A. 阿姨　　　B. 女士　　　C. 娘　　　D. 丈母娘

280. 听到妇人正在把三个女儿中哪个给八戒为难,八戒立刻说:(　　)。

A. "随便娘主张"　　　　　　B. "都与我罢"
C. "三个姑娘自己挑罢"　　　D. "随便哪个都好"

281. 妇人最后拿了手帕顶在八戒头上,盖住八戒脸,(　　),定个人选。

A. 撞个天婚　　　　　　B. 随机挑选
C. 双向选择　　　　　　D. 让姑娘们挑选

282. 八戒折腾好久也没捞到一个,又听妇人说女儿不肯,就(　　)。

A. 泄气放弃了　　　　　　B. 恳求妇人命令一个
C. 要求妇人再想办法　　　D. 要妇人嫁给自己

283. 师徒四人来到万寿山,山中有座观叫(　　)。

A. 小雷音寺　　B. 大雷音寺　　C. 五庄观　　D. 玄妙观

284. 五庄观里有一尊仙人,道号叫(　　)。

A. 凌虚子　　　B. 镇元子　　　C. 重阳子　　　D. 丘处机

285. 五庄观里有宝,在天地未开之际产下灵根,结出草还丹,又名(　　)。

A. 人参果　　　B. 金丹　　　C. 还魂丹　　　D. 驻颜丹

286. 人参果的模样,如三朝未满的小孩,功能是闻闻就让人延年,差不多(　　)一熟。

A. 一千年　　　B. 五千年　　　C. 一万年　　　D. 十万年

287. 镇元子要去弥罗宫听讲,叫小道童留下等唐僧来到,他把唐僧作为( )。

　　A. 长辈　　　B. 小辈　　　C. 亲戚　　　D. 故人

288. 镇元子的徒弟听说师父与和尚旧相识,觉得奇怪,用孔子的( )表示不解。

　　A. "有朋自远方来,不亦乐乎"　　B. "道不同,不相为谋"
　　C. "温故而知新,可以为师"　　　D. "逝者如斯夫"

289. 镇元子要求徒弟打( )人参果给唐僧吃,绝不能多给。

　　A. 四个　　　B. 三个　　　C. 两个　　　D. 一个

290. 道童拿出人参果给唐僧吃,三藏战战兢兢,以为是拿了( )给他吃。

　　A. 妖魔　　　B. 小孩　　　C. 仙果　　　D. 普通水果

291. 悟空打了一个人参果下来却怎么也找不到,以为是园子里的( )吃掉了。

　　A. 土地公公　B. 大蟒蛇　　C. 野猪　　　D. 野兽

292. 道童怎么知道悟空他们偷了人参果?原来是( )。

　　A. 他们天天要去数一遍　　　B. 师父提醒后防意外
　　C. 看到沙和尚在吃　　　　　D. 听到八戒唠叨

293. 偷吃人参果的事情败露,悟空直接承认了,道童说是四个,八戒听后( )。

　　A. 帮悟空证明只有三个　　　B. 与道童吵架
　　C. 埋怨悟空预先多吃　　　　D. 不信有四颗

294. 看到道童冤枉自己,八戒又胡缠,道童越骂越凶,悟空就( )。

　　A. 干脆全部承认了　　　　　B. 用真身去推倒人参树
　　C. 与道童论理辩驳　　　　　D. 骂八戒不信自己

295. 悟空推倒果树,道童在( )才发现。

　　A. 重新数果子时　　　　　　B. 第二天早上
　　C. 师父镇元子回来后　　　　D. 唐僧他们离开后

296. 道童发现果树被推倒,为了稳定唐僧师徒,假称果子不少,悟空听后认为（　　）。

  A．道童肯定设计害人　　　　B．道童年幼无知
  C．他们有起死回生之术　　　D．他们真的没偷吃

297．唐僧师徒开饭了，道童忙取了不少菜肴给他们，这是为了（　　）。

  A．尊师命款待取经人　　　　B．骂人后道歉
  C．道观人走了菜快坏了　　　D．稳住他们关门待师

298．在五庄观，唐僧师徒住的房间好几层门紧闭，悟空用（　　）打开了所有大门。

  A．金箍棒撬开门锁　　　　　B．变蚊子出去开锁
  C．解锁法　　　　　　　　　D．熔断法

299．师徒四人走出五庄观，悟空回去"照顾"道童，（　　）让道童酣睡不醒。

  A．灌了许多酒　B．用瞌睡虫　C．喂安眠药　D．灌蒙汗药

300．镇元子一大早回观，看到观门大开，觉得奇怪，（　　）。

  A．以为道童突然起早　　　　B．以为道童逃跑了
  C．认为道童肯定贪睡不醒　　D．以为道童出去游山玩水了

301．镇元子赶上唐僧师徒，认准后，（　　）四人一马，带回观里。

  A．用混天绫捆住　　　　　　B．用袖子笼住
  C．用大包裹包住　　　　　　D．先迷倒

302．师徒四人被绑在柱子上，镇元子拿出（　　）要打他们。

  A．潇湘竹子做的竹棍　　　　B．楠木精制木棍
  C．龙皮做的七星鞭　　　　　D．牛魔王皮做的皮鞭

303．小仙拿着鞭子问先打哪个？镇元子叫先打（　　）。

  A．孙悟空　　B．猪八戒　　C．沙和尚　　D．唐三藏

304．悟空听到镇元子要先打师父，忍不住叫他们先打自己，因为他觉得（　　）。

  A．老和尚不禁打　　　　　　B．弟子应该替师父
  C．反正自己禁得起　　　　　D．肯定好玩

305．小仙问镇元子打多少鞭，他说按照（　　）打三十鞭。

A. 半个甲子　　B. 果子数目　　C. 三旬之数　　D. 一月之日数

306. 在五庄观,夜里万籁俱寂之时,悟空领大家出观,用(　　)变成四个人照样绑在那里。

A. 四根毫毛　　B. 四根木棍　　C. 四棵柳树　　D. 四棵杨树

307. 五庄观中,第二天,唐僧师徒在路上,道童按照指示又来打人,依次打了(　　)。

A. 师徒四人　　　　　　　B. 四个稻草人
C. 什么也没打着　　　　　D. 四个柳树根

308. 师徒四人第二次被镇元子抓住,他们搬出大锅,要油煎悟空,孙悟空立刻(　　)。

A. 把自己变成石狮子　　　B. 把石狮子变成自己
C. 把自己变成铁块　　　　D. 什么都不用变

309. 镇元子与悟空相斗难有胜负,悟空愿意救活果树,镇元子说若能这样,他愿意(　　)。

A. 与悟空结为兄弟　　　　B. 与唐僧结为兄弟
C. 拜唐僧为干爹　　　　　D. 做悟空小辈

310. 悟空为了救活人参果树,先去了(　　)寻求办法。

A. 南海观音菩萨处　　　　B. 广寒宫嫦娥仙子处
C. 蟠桃园王母处　　　　　D. 东洋大海蓬莱山

311. 来到蓬莱,看到福禄寿三星在下棋,悟空上前叫他们(　　)。

A."老前辈"　B."老哥们"　C."老弟们"　D."孩儿们"

312. 福禄寿三星其实也无法医活人参果树,他们答应去五庄观为悟空说情,(　　)。

A. 放了唐僧师徒　　　　　B. 宽延几天期限
C. 稍稍惩罚悟空了事　　　D. 让镇元子自己想办法

313. 辞别蓬莱,悟空来到方丈山,看到大仙,翠屏后转出个汉代滑稽大师(　　)仙童。

A. 东方朔　　B. 司马相如　　C. 邯郸淳　　D. 卓别林

314. 在方丈山,帝君告诉悟空,他有"九转太乙还丹",只能医(　　),不能医树。

A. 水中鱼虾　　B. 陆上禽兽　　C. 阴间饿鬼　　D. 世间生灵

315. 为了医活人参果树,悟空离开方丈山,来到(　　),这是海岛三个仙山的最后一座。

A. 昆仑山　　B. 天山　　C. 瀛洲海岛　　D. 海南岛

316. 为了医活人参果树,最后悟空来到普陀山,观音菩萨正好在紫竹林(　　)。

A. 等着悟空来　　　　B. 给徒弟讲经说法

C. 修炼　　　　　　　D. 散步

317. 来到紫竹林,曾与悟空大斗的黑熊在,悟空提起他为妖的事,黑熊说(　　)。

A. "君子不念旧恶"　　B. "要向前看"

C. "回头是岸"　　　　D. "浪子回头金不换"

318. 观音菩萨净瓶中的(　　)可以救活人参果树。

A. 自来水　　B. 千年雪水　　C. 神泉水　　D. 甘露水

319. 观音医活了人参果树,镇元子做了"人参果会",菩萨等各吃一个,还有一个(　　)。

A. 请菩萨多吃一个　　B. 请菩萨转给如来

C. 观中众仙分吃　　　D. 猪八戒偷吃了

320. 白骨精要捉拿唐僧吃,一共戏弄了三藏(　　),不断改变模样。

A. 两次　　B. 三次　　C. 四次　　D. 五次

321. 本来白骨精深藏洞中,因为(　　)才惊动了那个妖精。

A. 唐僧逼着悟空化斋　　B. 八戒与悟空吵架

C. 唐僧气味传到洞中　　D. 八戒肚饿骂人

322. 白骨精第一次变化的模样是(　　)。

A. 年老婆婆　　　　　B. 老大爷

C. 年轻美丽的女子　　D. 小孩子

323. 唐僧看到白骨精假扮的女子,连续问其住处、家庭等,应该是(　　)。

A. 心里特别高兴所致　　B. 非常惊讶

C. 完全不信 D. 多少有些怀疑

324. 白骨精谎称自己家人敬佛,要把饭菜给唐僧他们吃,师徒中( )。

A. 只有唐僧想吃 B. 师徒三个都不想吃
C. 只有八戒想吃 D. 八戒不敢吃

325. 白骨精被悟空劈脸一棒,运用( )丢下假尸,真身飞走了。

A. 飞升法 B. 解尸法 C. 扔尸法 D. 脱尸法

326. 看到白骨精丢下的尸体,唐僧怒不可遏,看见所谓"米饭"后,对悟空的话( )。

A. 有三分相信 B. 完全不信 C. 完全相信 D. 还是不信

327. 一打白骨精后,猪八戒看到师父有些信悟空,就告诉师父这些癞蛤蟆等是悟空变的,唐僧就( )。

A. 又大骂悟空 B. 批评八戒 C. 只作没听见 D. 念紧箍咒

328. 白骨精第二次变成了老妇人,( )说是刚才女子的母亲。

A. 假老妇人 B. 八戒 C. 沙和尚 D. 唐僧

329. 悟空知道老妇人是妖精,举棒就打,唐僧把紧箍咒念了二十遍,( )才放过。

A. 悟空哀求了 B. 八戒求情后
C. 直到赶走 D. 沙和尚求情后

330. 二打白骨精后,唐僧第二次赶走悟空,且绝无回意,悟空求他( )就回花果山去。

A. 退了头上金箍 B. 保证永远不念咒
C. 得到观音同意 D. 与如来打个招呼

331. 白骨精第三次变作一个老头,悟空一看就认出妖精真相,是打还是不打?悟空( )。

A. 毫不犹豫地打去 B. 犹豫好久才决定打
C. 征得唐僧同意后打 D. 叫八戒闭嘴才打

332. 悟空第三次打了白骨精,告诉唐僧原委,唐僧态度是( )。

A. 完全不信 B. 半信半疑 C. 确实信了 D. 坚决信任

333. 三打白骨精后,师父第三次赶走悟空,悟空不能不走,因为他觉得（　　），不然成无耻之人。

A．死皮赖脸　　B．厚颜无耻　　C．死不要脸　　D．事不过三

334．三打白骨精后，为了让悟空相信他走后不再念紧箍咒，唐僧给了悟空（　　）。

A．一纸贬书　　B．一个毒誓书　　C．一封介绍信　　D．一篇绝交书

335．三打白骨精后，悟空被唐僧赶走，临走时，悟空要给唐僧行礼，唐僧坚决不受，因为他认为悟空是个（　　）。

A．好人　　　　　　　　　　B．歹人

C．无用之人　　　　　　　　D．有用更有害之人

336．悟空被唐僧赶走回到花果山，看到草木俱无，林树焦枯，原因是（　　）。

A．发生火山爆发　　　　　　B．雷电打击

C．二郎神放火　　　　　　　D．花果山自燃

337．听到悟空说唐僧不要他做徒弟西去取经了，众猴对此（　　）。

A．替大圣抱不平　　　　　　B．骂唐僧不识好歹

C．希望悟空回去道歉　　　　D．很高兴，鼓掌大笑

338．猪八戒明白"当家才知柴米价，养子方晓父娘恩"的道理，是在（　　）时候。

A．悟空走了他去化斋　　　　B．遇到妖怪无力击败

C．挑担上山疲倦　　　　　　D．找不到吃的东西

339．悟空走了后，猪八戒一时化不到斋饭，又很疲倦，师父还在等他的斋饭，他（　　）。

A．赶紧去其他地方化斋　　　B．索性躺下来睡觉

C．回去向师父报告　　　　　D．割下自己肉充斋

340．黑松林中，唐僧在八戒、沙僧走后，在附近走入塔院，看到一个妖魔，他（　　）。

A．立刻逃走了事　　　　　　B．抡起锡杖斗妖

C．遍体酥麻，两腿酸软　　　D．想起斗妖的悟空

341．沙僧走出黑松林寻找八戒，站在高处也看不见，因为八戒（　　）才发现了他。

A．说梦话 B．与小妖怪斗嘴
C．与嫦娥纠缠 D．拼命吃东西

342．黑松林中，八戒与沙僧寻找师父来到塔院，看到门上一块白玉石板，上有（　　）几六个字。
A．"洞天仙府处" B．"碧罗湾盘丝洞"
C．"鹰愁涧玉龙洞" D．"碗子山波月洞"

343．八戒和沙僧与妖怪大战时，唐僧忽见洞里走出一位妇人，此人是（　　）的三公主。
A．乌鸡国 B．宝象国 C．女儿国 D．支那国

344．宝象国三公主百花羞是在（　　）赏月时候被妖怪摄入妖怪洞中的。
A．元旦 B．除夕 C．中秋节 D．重阳节

345．百花羞借梦境要求妖怪放了唐僧，那妖怪（　　）。
A．同意了 B．坚持要吃唐僧肉
C．骂了百花羞 D．把百花羞关起来

346．在宝象国，听到国王宣唐僧徒弟觐见，八戒首先想到的是（　　）。
A．可以得到许多金银 B．可以饱餐一顿
C．可以娶妻享受富贵 D．可以不去西天

347．为了验证八戒的法力，国王要求变形，八戒就长了八九丈长，扬言可以（　　）。
A．刺破王宫 B．比喜马拉雅山高
C．拱破青天 D．填平东海

348．八戒与沙僧共斗黄袍怪，战他不过，八戒偷偷躲起来，结果沙僧（　　）。
A．被打死了 B．被打伤了 C．被打跑了 D．被抓住了

349．黄袍怪打算前往宝象国去认亲，公主百花羞不让他去，原因是黄袍怪（　　），会吓坏国王。
A．面目凶恶 B．妖怪本质 C．过于美艳 D．过于突兀

350．黄袍怪来到朝门外，要求面见国王，国王征求唐僧意见，唐僧

认为还是（　　）为妥。

A．不让进来　　B．组织围剿　　C．宣他进来　　D．骗进来关住

351．黄袍怪进入王宫，大家看他生得俊丽，认为他是（　　）。

A．表里不一的妖怪　　　　B．好人
C．更加可怕的魔鬼　　　　D．文雅书生

352．黄袍怪对宝象国国王说眼前的唐僧是假的，是一个猛虎修炼变的，国王（　　）。

A．完全不信　　B．半信半疑　　C．假装相信　　D．完全相信

353．黄袍怪使了（　　），把唐僧立刻变成一只斑斓猛虎。

A．黑眼定身法　　B．乾坤转移法　　C．人虎转变法　　D．阴阳颠倒法

354．看到唐僧变成了猛虎，宝象国国王（　　）。

A．更加不信妖怪　　　　B．以为是魔术
C．考虑如何除妖　　　　D．吓得魂飞魄散

355．宝象国国王以为黄袍怪是救女儿的英雄，大排宴席，选十八宫女歌舞，酒喝多了后，黄袍怪（　　）。

A．喝醉睡着了　　　　B．现出本相吃宫女
C．发起疯病　　　　　D．说出事实真相

356．唐僧被变为老虎后，白马化作龙观察内廷，后来又变作（　　）去戏弄黄袍怪。

A．王宫侍卫　　B．王宫武将　　C．王宫宫娥　　D．王后

357．在宝象国，听小龙述说了唐僧遭的难，刚从草丛中睡醒来的八戒（　　），让小龙很伤心。

A．知道后只知着急无奈　　　　B．想挑行李回高老庄
C．设想再战黄袍怪　　　　　　D．回绝请回悟空

358．小龙要八戒去请悟空回来，八戒无奈下只好前去，不过他说如果悟空不来，他就（　　）。

A．也不回来了　　　　B．自杀殉师
C．去找观音了　　　　D．直接找如来说明

359．猪八戒来花果山找孙悟空，不敢说唐僧在宝象国遭难，推说师父想他，悟空不肯去，八戒（　　）。

A. 只好说出真相 B. 只能去南海找观音
C. 也回高老庄去 D. 自个儿边回边骂

360. 八戒因骂悟空被抓回,无可奈何,他只得说出唐僧在宝象国遭难实情,且用（　　）使悟空降妖。

A. 念咒语法 B. 跺足赌誓法 C. 激将法 D. 避水法

361. 悟空来到波月洞,要救沙僧。他后来用（　　）救出了沙和尚。

A. 隐身法 B. 两个小孩交换的方法
C. 灭尽小妖的方法 D. 恐吓法

362. 救出沙僧,悟空设计降妖,遇到百花羞阻拦,悟空告诉她自己可以降妖,公主（　　）。

A. 看悟空瘦弱不信 B. 非常高兴
C. 完全信任悟空 D. 非常恐惧

363. 为了擒拿黄袍怪,孙悟空让公主藏起来,（　　）,在洞中专等妖怪前来。

A. 布下天罗地网 B. 准备好捉妖机关
C. 请来天兵天将 D. 自己变作公主

364. 根据玉帝查找,黄袍怪原来是二十八星宿中的（　　）。

A. 心星 B. 危星 C. 奎星 D. 亢星

365. 变成猛虎的唐僧,最后由孙悟空用（　　）且念真言退了妖术,解了虎气。

A. 喷水 B. 喷火 C. 洗洁精 D. 虎跑泉水

二、多项选择题

61. 五庄观镇元大仙留下两个小徒看家,（　　）。

A. 一个叫清风 B. 一个叫绿泉 C. 一个叫明星
D. 一个叫明月 E. 一个叫白云

62. 镇元大仙道界辈分极高,其徒介绍:（　　）。

A. 三清是其朋友 B. 四帝是其故人 C. 九曜是其晚辈
D. 元辰是其下宾 E. 玉帝是其孙子

63. 为救活五庄观的人参果树,悟空走访了（　　）。

A. 蓬莱   B. 方丈   C. 瀛洲
D. 普陀   E. 灵山

64. 孙悟空来到蓬莱,见( )三个老人在下棋。
A. 寿星   B. 灾星   C. 福星
D. 彗星   E. 禄星

65. 白骨精戏弄唐僧,先后变了这样三次:( )。
A. 小道士   B. 小和尚   C. 花容月貌的女子
D. 老妇人   E. 老公公

66. 黄袍怪责悟空被师逐走还来,悟空反击:( )。
A. 万端孝为先   B. 一日为师,终生为父
C. 父子无隔宿之仇   D. 君子不计小人过
E. 男不与女斗

三、判断题

65. 试探唐僧师徒禅心的是这样四位菩萨:观音、普贤、文殊、地藏王,他们化身为母女。( )

66. 万寿山的五庄观观主是丘处机,道号镇元子,混名与世同君,显示他辈分极高。( )

67. 唐僧属于释教,镇元子属于道教,但是两人曾在五百年前兰盆会上相识,因此可称故人,这也表明作者释道一家之意。( )

68. 五庄观二门上有一副对联:"长生不老神仙府,与天同寿道人家",充分表露主人的自信自傲。( )

69. 唐僧不肯吃人参果主要是其形状很像婴儿,因此即使知道此果能够延年益寿、增长修为也坚决不吃。( )

70. 猪八戒吃人参果因为口特大,果子刚入口就吞咽下去,根本没有尝到人参果的味道,所以后来又去偷了一个。( )

71. 根据道教传说,海上有三座仙山:蓬莱、方丈、瀛洲,那是如来居住的地方,俗人是无缘进入的。( )

72. 在五庄观观音救活人参果树,并且让入地的果子还原到树上的情节,与西方的超人故事如出一辙,都是人类想象力的表现。( )

73. 我国民间传说的"孙悟空三打白骨精"传播甚广,其实《西游记》中并未出现"白骨精"之称,而只是说"白骨夫人"。（ ）

74. 在孙悟空三次打白骨夫人的过程中,唐僧开始还是相信悟空的,只是猪八戒出于私心老是从坏的方向推想并撺掇师父,以致最后驱逐悟空。（ ）

75. 唐僧驱逐悟空,悟空一定要他写个凭据,目的是打起官司来可以胜券在握,不被观音、如来等责难。（ ）

76. 孙悟空被赶走了,猪八戒担当化斋的任务,走了好久没有化斋的地方,此时他才明白"当家才知柴米价,养子方晓父娘恩"的道理。（ ）

77. 碗子山波月洞的黄袍怪因为与宝象国三公主欢会十多年,所以公主提出放走唐僧师徒的建议被黄袍怪接受,师徒三人才能够顺利来到宝象国都。（ ）

78. 八戒与沙僧来波月洞打妖,战他不过,八戒一看苗头不对躲起来了,只剩下沙僧被妖怪抓走,关入洞内。（ ）

79. 黄袍怪改变了妖怪相貌来宝象国认丈人,国王看他把唐僧变作老虎,又听他一派谎言,所以就信了妖怪,大排宴席认了女婿。（ ）

80. 孙悟空从花果山出发去宝象国降服黄袍怪的路上,要下海净身洗尽妖气,这说明了"近朱者赤,近墨者黑"的道理。（ ）

81. 宝象国三公主听悟空说要降服黄袍怪,怎么也不信,悟空说"鸟炮虽大无斤两,秤砣虽小压千斤",说明大实在无用,小反而大用之理。（ ）

82. 波月洞黄袍怪原来是二十八宿中的奎星,被降服后被贬到太上老君丹房里搬运燃料,有功可以复职,无功则加重处罚。（ ）

83. 降了黄袍怪,孙悟空责备八戒撺掇师父念紧箍咒,沙僧跪着求悟空救师父,悟空才帮师父解了虎气,复了原身。（ ）

参考答案

一、单项选择题

271. D　272. C　273. A　274. D　275. B　276. C　277. A　278. D
279. C　280. B　281. A　282. D　283. C　284. B　285. A　286. C
287. D　288. B　289. C　290. B　291. A　292. D　293. C　294. B
295. A　296. C　297. D　298. C　299. B　300. A　301. B　302. C
303. D　304. A　305. B　306. C　307. D　308. B　309. A　310. D
311. C　312. B　313. A　314. D　315. C　316. B　317. A　318. D
319. C　320. B　321. A　322. C　323. D　324. C　325. B　326. A
327. D　328. B　329. C　330. A　331. B　332. C　333. D　334. A
335. B　336. C　337. D　338. A　339. B　340. C　341. A　342. D
343. B　344. C　345. A　346. B　347. C　348. D　349. A　350. C
351. B　352. D　353. A　354. D　355. B　356. C　357. B　358. A
359. D　360. C　361. B　362. A　363. D　364. C　365. A

二、多项选择题

61. AD　　62. ABCD　　63. ABCD　　64. ACE　　65. CDE
66. BC

三、判断题

65. 错　66. 错　67. 对　68. 对　69. 错　70. 错　71. 错　72. 对
73. 对　74. 对　75. 错　76. 对　77. 对　78. 对　79. 对　80. 对
81. 错　82. 错　83. 错

五、路途妖邪多，唐僧又逐孙悟空

（第三十二—第五十八回）

内容简介

　　这一部分师徒遇到许多妖魔鬼怪，一一被除掉，四人从中得到修炼，而师徒之间的关系也起伏不定。这部分共27回，情节跌宕起伏，非常精彩，可以分成几个段落：1. 平顶山除妖(4回)；2. 乌鸡国除妖(4回)；3. 观音收红孩儿(3回)；4. 西海龙子黑河收妖(1回)；5. 车迟国僧道斗法(4回)；6. 通天河观音收金鱼(3回)；7. 金兜山群雄斗独角兕(3回)；8. 西梁女国除琵琶妖(3回)；9. 除草寇悟空被逐(3回)。这部分的妖孽有许多只能降服，不能杀，因为来历与身份特殊，如平顶山妖是太上老君的看炉童、乌鸡国妖是文殊坐骑、红孩儿是观音喜欢的童儿、黑河鼍妖是龙王外甥、通天河妖是观音的金鱼、金兜洞独角兕是老君青牛等，悟空欲除而不能，这颇值得思考。唐僧近宝林寺作了首诗，全用药名而成，这应该是吴承恩熟悉中医药的缘故，对研究《西游记》也产生了一个独特视点。在宝林寺，唐僧因月光而口占一首古风，悟空因此而言月，一则农历月初曰上弦（朔），月中曰望，月末曰晦，论其缘由；二则语月乃"先天法象之规绳"，此乃禅宗之意味。文殊坐骑做妖怪害国王，竟然是国王不敬文殊化身而对他报复，其意味不仅仅是佛理。车迟国除妖后，孙悟空对国王说了一通治国之理："望你把三教归一：也敬僧，也敬道，也养育人才。我保你江山永固！"这应该是作者的理想和对政治的认识，也符合中国古代的政治文化。

　　此片段艺术成就极高，运用了多种古典小说的艺术。1. 前后呼应之法。红孩儿为牛魔王之子，与小说开头的孙悟空拜七兄弟相呼应；黑河妖精是被魏征梦中斩杀的泾河龙王之子，此时也起照应作用。2. 伏笔之法。红孩儿之事做火焰山、落胎泉的情节伏笔；悟空骗八戒驮尸，其实为八戒捉弄悟空，让他救活死去三年的国王伏笔；通天河老鼋嘱咐唐僧询问佛祖自己几时能够脱本壳，变成人身，此为后来最后一难伏笔；草寇作祟，其实为唐僧赶走悟空伏笔。3. 渲染之法。平顶山之妖出现前先有日值功曹报信，言妖怪的厉害，特别是五件宝贝，预示斗魔之艰险。这些艺术技巧，使得《西游记》故事妙趣横生。还有如八戒与悟空两人互相为难，八戒行为的乖戾等，都给读者以愉悦。

自我检测

一、单项选择题

366. 唐僧师徒来到平顶山，只见一个樵子厉声传信，说这里有个（　　），住着两个魔头。

　　A. 盘丝洞　　B. 无底洞　　C. 善卷洞　　D. 莲花洞

367. 樵子传信道，这平顶山莲花洞的魔头一心要（　　），要他们格外小心。

　　A. 阻止他们西行取法　　B. 吃唐僧肉

　　C. 吃猪肉　　D. 打败悟空

368. 悟空知道在平顶山单靠自己不行，又担心八戒不肯帮忙，用（　　）逼师父叫八戒听话。

　　A. 激将法　　B. 吹捧法　　C. 揉眼出泪法　　D. 分身法

369. 在平顶山，看到悟空竟然面对现实流泪了，八戒马上（　　）。

　　A. 要四人分行李散伙　　B. 兄弟三分行李散伙

　　C. 独自拿行李回去　　D. 要与沙僧分行李

370. 在平顶山，悟空要八戒在看师父与巡山中选择一件事情，八戒（　　）。

　　A. 选了巡山　　B. 选了看师父

　　C. 什么也没选　　D. 只想回高老庄

371. 在平顶山，猪八戒去巡山，走了七八里就大骂唐僧三人，恰被悟空全听见了，因为悟空（　　）。

A. 有顺风耳 B. 变成蠛蠓虫跟着
C. 有此法力 D. 变成蚊子叮住他

372. 在平顶山,骂了一阵,八戒想反正他们不知道,先(　　),待会编个谎骗他们就行了。

A. 饱餐一顿　　B. 随便玩玩　　C. 睡上一觉　　D. 坐一会

373. 在平顶山,看到八戒睡倒,悟空就(　　)。

A. 大骂八戒一阵 B. 回去报告师父
C. 打了他一顿 D. 戏弄他一阵

374. 八戒在平顶山,对着大青石唱个喏,然后(　　),应付他们。

A. 演习对唐僧三人编谎 B. 数说自己打妖壮举
C. 再睡一觉 D. 回去找师父

375. 在平顶山,悟空回到师父身边,告诉他八戒在编谎,唐僧听了(　　)。

A. 非常恼火 B. 非常高兴
C. 完全不信悟空 D. 将信将疑

376. 平顶山莲花洞里住着两个妖怪,一个叫(　　),另一个叫银角大王。

A. 金刚大王　　B. 金角大王　　C. 虎贲大王　　D. 狮角大王

377. 金角、银角两王并不认识唐僧,为了吃到唐僧肉,他们(　　),绝不会有问题。

A. 见和尚就抓 B. 早派间谍跟着
C. 感应能力特强 D. 画了图形对照

378. 在平顶山,八戒在巡山路上,撞上一群妖怪,没想到妖怪中竟然有叫出他名字的,原来(　　)。

A. 他们有影神图 B. 本来有认识他的
C. 猪八戒名气特大 D. 胡猜乱叫蒙的

379. 金角大王告诉银角大王,他抓错了人,说猪八戒没用,后来八戒被(　　)。

A. 放了 B. 杀了给小妖吃
C. 抛到水里浸泡腌制 D. 吊起来

380. 银角大王第二次巡山,明明已经看到唐僧,却告诉小妖说唐僧吃不成了,因为( )。

　　A. 唐僧有观音暗中保护　　　B. 看到孙悟空神通广大

　　C. 知道自己非悟空对手　　　D. 唐僧已经得道

381. 银角大王为得唐僧,假扮成一个( ),在路边叫"救人"。

　　A. 有伤的行脚僧　　　　　　B. 折腿的商人

　　C. 奄奄一息的尼姑　　　　　D. 折腿的道士

382. 银角大王听见要让沙僧驮他,假装说害怕,却认定了( )。

　　A. 叫唐僧亲自驮　　　　　　B. 叫悟空驮

　　C. 骑着马让悟空扶着　　　　D. 骑着马让唐僧扶

383. 悟空驮着银角大王,想掼死妖怪,却被他用( )差点让须弥山压住自己。

　　A. 斗转星移法　　　　　　　B. 愚公移山法

　　C. 移山倒海法　　　　　　　D. 暗度陈仓法

384. 悟空被大山压着,金角大王怕他来寻仇,银角大王就让小妖带着( )把悟空装在里面。

　　A. 红葫芦和玉净瓶　　　　　B. 保险箱

　　C. 兜天包裹　　　　　　　　D. 炼丹炉

385. 在平顶山,从土地那里得知妖怪喜欢炼丹,悟空就把自己变成个( ),等来抓他的妖怪。

　　A. 行脚僧　　B. 老真人　　C. 基督徒　　D. 穆斯林

386. 在平顶山,悟空看到小妖两个宝贝厉害,就( ),把宝贝骗过来了。

　　A. 变了两个假的替换　　　　B. 变了个聚宝盆交换

　　C. 变了个特好玩的玩具　　　D. 变了个装天的葫芦

387. 悟空的所谓装天其实只是( ),小妖以为天真的装在葫芦里了。

　　A. 把他们呆的地方盖住　　　B. 遮住小妖眼睛

　　C. 把白天变成黑夜　　　　　D. 葫芦变大盖住此处

388. 从平顶山的小妖处骗来了两个宝贝,为了防止反悔,悟空与小妖发了个( )的毒誓。

　　A．一年四季遭瘟　　　　　　B．天打五雷轰

　　C．断子绝孙　　　　　　　　D．不得好死

389．两个小妖拿两个宝贝换了孙悟空的假葫芦,直到( )的时候才完全明白上当了。

　　A．悟空不告而别　　　　　　B．不能装天

　　C．被孙悟空打了　　　　　　D．变葫芦的毫毛被悟空收走

390．小妖捉拿悟空失败,银角大王又想出请压龙洞老奶奶带( )来捆悟空。

　　A．牛皮绳　　　B．幌金绳　　　C．牛筋绳　　　D．混天绫

391．悟空跟着巴山虎和倚海龙去压龙洞,半路上变成另外一个小妖,( )进入妖洞。

　　A．跟着他们　　　　　　　　B．在他们前面抢先

　　C．打死小妖后　　　　　　　D．同时

392．悟空进入压龙洞,大哭起来,大家都不明白,其实他是因为( )才哭的。

　　A．打死了小妖伤心　　　　　B．师父还被妖怪关着

　　C．被师父赶走　　　　　　　D．好汉却要跪拜妖怪

393．金角、银角两王的母亲被悟空打得脑浆迸流,现出原形,原来是个( )。

　　A．九尾狐狸　　B．蝎子精　　　C．蜈蚣精　　　D．蜘蛛精

394．悟空假扮压龙洞老奶奶,受到两妖王隆重迎接,洞中猪八戒却因( )一下知道了是悟空。

　　A．看出老奶奶走路姿势　　　B．看到悟空掬起的尾巴

　　C．听出悟空的声音　　　　　D．闻出悟空的气味

395．假扮压龙洞老奶奶的悟空,听说要吃唐僧肉,就对金角、银角两王说( ),急坏了八戒。

　　A．赶紧蒸熟了吃　　　　　　B．先吃我一棒

　　C．先割下猪八戒耳朵下酒　　D．先蒸熟了肥猪

396．孙悟空用幌金绳抓住了二魔,一会儿却反被二魔用幌金绳捆

住了,原来二魔有( )。

    A. 松绳咒   B. 避绳咒   C. 断绳咒   D. 缩骨术

397. 套住悟空的幌金绳褪至颈项上成了金圈子,悟空乘小妖不注意,( )。

    A. 用瘦身法解脱   B. 用瞌睡虫睡倒众妖
    C. 念个咒语上天   D. 用钢锉锉断脱身

398. 银角大王听到行者孙来,拿葫芦来斗,发现行者孙也有,且被装进去了,原来( )。

    A. 两个葫芦有雌雄之别   B. 两个葫芦有真假之别
    C. 两个葫芦大小不一   D. 两个葫芦颜色深浅不同

399. 金角大王还有三个宝贝,但是最后都( ),自然斗不过孙悟空。

    A. 被悟空偷走了   B. 被悟空废掉功能
    C. 被悟空吓怕了   D. 被悟空损坏了

400. 金角大王斗不过孙悟空,只好( ),再做打算。

    A. 逃到天上叫来天兵   B. 躲藏在妖洞深处
    C. 投奔压龙洞   D. 钻入水中躲避

401. 悟空他们杀尽金角大王等妖怪,高高兴兴西去,不想路旁一人索要宝贝,此人是( )。

    A. 太白金星   B. 太上老君
    C. 文殊菩萨   D. 托塔李天王

402. 当孙悟空得知平顶山的那些妖怪是太上老君的童子,责骂老君,老君说那是( )。

    A. 不小心被他们逃出来   B. 被妖魔放出来的
    C. 观音再三央求这样的   D. 如来亲自安排的

403. 师徒来到宝林寺,管家和尚看到唐僧模样,知道是个云游僧,心里( )。

    A. 非常愤怒   B. 非常高兴   C. 非常惊讶   D. 非常意外

404. 唐僧看到宝林寺寺主不肯安排住宿,很伤心,体会到了( )的道理。

A. "物离乡贵" B. "人离乡贵"
C. "物离乡贱" D. "人离乡贱"

405. 悟空要宝林寺和尚集中全寺和尚迎接师父进来,他们不敢出正门,(　　)通知僧众。
 A. 从后门偷偷出去 B. 从边门偷偷出去
 C. 从狗洞钻出去 D. 从地道里爬出去

406. 看到宝林寺全寺僧众恭迎唐僧,八戒说师父不济,不及悟空厉害,唐僧说出原委(　　)。
 A. "道高一尺,魔高一丈" B. "鬼也怕恶人"
 C. "敬酒不吃吃罚酒" D. "世人都犯贱"

407. 宝林寺的当家和尚认定悟空吃荤不吃素,因为(　　)。
 A. 悟空长得凶相 B. 悟空力大无比
 C. 悟空法力高强 D. 悟空让人觉得恐怖

408. 在宝林寺禅堂,唐僧念经至三更,困倦中梦见湿淋淋的(　　)向他述说妖怪害他事情。
 A. 女儿国国王 B. 宝象国国王
 C. 乌鸡国国王 D. 龟兹国国王

409. 乌鸡国国王之所以会相信妖怪,因为妖怪在大旱年(　　)。
 A. 到处打井解除旱情 B. 开凿河渠解除旱情
 C. 请来玉帝降旨下雨 D. 呼风唤雨下了透雨

410. 乌鸡国国王是被妖怪(　　),最后淹死的。
 A. 大风吹到东海 B. 推入井中
 C. 腾云扔到通天河 D. 腾云扔到流沙河

411. 唐僧认为乌鸡国国王可以在阴司告状解决妖怪,但国王告诉唐僧(　　),无奈于他。
 A. 阎王打不过此怪 B. 阎王怕麻烦不管
 C. 阎王是他兄弟 D. 阎王急政不理此事

412. 乌鸡国国王认为朝中有一个可信的人可以帮助悟空除妖,他是国王的(　　)。
 A. 亲生儿子 B. 侍卫长

C. 宠幸的贵妃　　　　　　D. 贴近的太监

413. 为了让太子相信唐僧师徒,乌鸡国国王(　)作为信物。

A. 写了一封亲笔信　　　　B. 拿出一块劳力士表

C. 拿出一支派克钢笔　　　D. 拿出一块金镶白玉圭

414. 唐僧在宝林寺异梦惊醒连呼"徒弟",惊醒的八戒误以为师父在叫(　)。

A. "土地"　B. "拖地"　C. "托帝"　D. "脱底"

415. 为了吸引出城打猎的太子追赶自己,悟空变成(　),且故意让太子射中。

A. 大老鼠　B. 白兔　C. 麋鹿　D. 野狼

416. 乌鸡国太子追赶白兔来到寺前,不见兔子,只见一个和尚坐在前面,他是(　)。

A. 孙悟空　B. 猪八戒　C. 唐三藏　D. 沙和尚

417. 来到宝林寺,太子得到全寺僧众欢迎,可唐僧坐在那里不动,太子见状(　)。

A. 大怒　B. 大喜　C. 大惊　D. 大惧

418. 孙悟空变成一个上知三百年,中知三百年,下知三百年的(　)躲在匣子中。

A. "万宝全书"　B. "百科全书"　C. "老皇历"　D. "立帝货"

419. 乌鸡国太子听到父王被妖怪推入井里,朝堂上的国王是妖怪,又看到白玉圭,他(　)。

A. 完全不信　B. 将信将疑　C. 完全相信　D. 非常惊讶

420. 乌鸡国太子出城打猎却两手空空回去,易使妖怪生疑,悟空念(　),让山神等筹集猎物。

A. 唵蓝净法界真言　　　　B.《金刚经》

C.《心经》　　　　　　　D. 捉拿动物咒语

421. 悟空为打乌鸡国的妖怪,要使大众相信现国王是假的,需凭证,这叫(　)。

A. 法力无边　B. 真假难辨　C. 拿贼拿赃　D. 有口难言

422. 在乌鸡国,悟空知道八戒不肯跟自己去救国王只好对八戒撒谎说去( ),且全给八戒。

  A. 吃大餐 B. 盗银行 C. 贩文物 D. 偷宝贝

423. 为了取宝贝,悟空与八戒二更时分来到乌鸡国( ),寻找芭蕉树下的水井。

  A. 王家寺院 B. 御花园 C. 圆明园 D. 颐和园

424. 在乌鸡国御花园,八戒打开压在井上的盖板,可是没有那么长的绳子,是悟空( ),把八戒放下去了。

  A. 用毫毛变成长绳   B. 把八戒变小了

  C. 用变长的金箍棒   D. 用衣服做成长绳

425. 在乌鸡国,八戒来到井底,睁眼看到一座牌楼,上有( )三个字,大惊失色,以为走错了。

  A. 水晶宫 B. 阎王殿 C. 金銮殿 D. 大成殿

426. 在乌鸡国,八戒来到井龙王的水晶宫,龙王告诉他宝贝就是( ),八戒认为不是宝贝。

  A. 乌鸡国国王一堆衣冠 B. 一个空棺材

  C. 一个水晶棺   D. 乌鸡国国王尸首

427. 猪八戒不愿驮乌鸡国国王尸首,悟空就说自己先回去了,( )八戒只能驮了尸首上来。

  A. 为了从井里上来 B. 为了多得一些金钱

  C. 为了多得礼物   D. 为了斩妖

428. 乌鸡国国王虽然已死三年却容颜依旧,那是因为井龙王用了( )定住了。

  A. 脑白金 B. 定颜珠 C. 金丹 D. 水银

429. 乌鸡国国王尸首要从御花园驮到宝林寺,八戒又不肯,悟空说( ),八戒才驮了。

  A. 可以向太子要钱 B. 可以向师父要奖金

  C. 可以留下娶妻生子 D. 让他打二十棒

430. 在乌鸡国,猪八戒被悟空捉弄了两次,就想报复,他撺唆师父说( ),让他难堪。

  A. 悟空能够单独战胜妖怪 B. 能够向阎王讨回灵魂

C. 悟空能够救活国王　　　　D. 告诉师父尸首无用

431. 悟空其实无法救活乌鸡国国王,而唐僧不信,他就(　　),逼着悟空想办法。

A. 大骂悟空　　B. 念紧箍咒　　C. 赶走悟空　　D. 大哭不止

432. 悟空被逼,设法阳世间医活乌鸡国国王,他说需要人(　　)才有效,八戒知道悟空报复自己了。

A. 嚎啕痛哭　　B. 不停念经　　C. 不停跳舞　　D. 不停唱歌

433. 为救乌鸡国国王,悟空来到兜率宫,老君竟然唠叨前事,数落他(　　)和不还五件宝贝。

A. 偷吃蟠桃　　B. 偷喝琼浆　　C. 偷吃金丹　　D. 打翻丹炉

434. 悟空向老君要九转还魂丹医乌鸡国国王,他不肯,悟空立刻离开,一会儿老君叫回悟空给了他还魂丹,因为(　　)。

A. 怕悟空来报复　　　　　B. 怕如来怪罪
C. 怕悟空去玉帝处告状　　D. 怕被悟空偷光

435. 乌鸡国国王吞了九转还魂丹没醒来,唐僧想到人工呼吸,叫悟空吹气,因为(　　)。

A. 悟空是一口清气　　　　B. 悟空是一口浊气
C. 悟空法力高强　　　　　D. 八戒一口腥气

436. 师徒四人和乌鸡国国王来到乌鸡国金銮殿,悟空代替真国王说出真相,那魔王(　　),逃走了。

A. 非常气愤　　　　　　　B. 吓坏了
C. 知道必死无疑　　　　　D. 深知三十六计

437. 乌鸡国魔王斗不过悟空,逃回城中,摇身一变,变成与(　　)一模一样。

A. 猪八戒　　B. 沙和尚　　C. 唐三藏　　D. 侍卫长

438. 在乌鸡国,众人实在辨不清真假唐僧,八戒要师父(　　),果然假的现形逃出去了。

A. 念紧箍咒　　　　　　　B. 念《心经》
C. 念《金刚经》　　　　　D. 念《楞严经》

439. 乌鸡国魔王现出原形,竟然是个青毛狮子,且是(　　)的坐骑。

　　A．观音菩萨　　B．太上老君　　C．太白金星　　D．文殊菩萨

440．当乌鸡国庆贺妖魔收除时,听到奏报又有四个和尚进来,原来这是(　　)。

　　A．四个假冒唐僧师徒　　　　B．宝林寺僧送王冠等物的
　　C．另外四个行脚僧　　　　　D．邻国派来祝贺的

441．乌鸡国国王想到自己已死三年,幸得救活,感激不尽,希望(　　)。

　　A．奉唐僧他们为君　　　　　B．与唐僧结为兄弟
　　C．唐僧永远驻跸本国　　　　D．唐僧担任国师

442．乌鸡国国王无法留住唐僧师徒,只能召画家画下(　　),供养在金銮殿上。

　　A．唐僧一人画像　　　　　　B．悟空一人画像
　　C．唐僧师徒四人喜容　　　　D．八戒与沙僧画像

443．出乌鸡国,师徒来到一座高山,早有个妖怪等着吃唐僧肉,他变作(　　)挂在树上。

　　A．年轻妇人　　　　　　　　B．七岁顽童
　　C．年老太太　　　　　　　　D．折腿的道士

444．红孩儿编造谎言,说他祖公公广积金银,家私巨万,混名(　　)。

　　A．亿万富翁　　B．红千万　　C．沈万三　　D．红百万

445．红孩儿骗得唐僧相信,悟空一眼识破,正在询问,(　　)心急,把他放下来。

　　A．唐三藏　　B．沙和尚　　C．猪八戒　　D．观音

446．唐僧要红孩儿骑马,可他推托,坚决要(　　)驮他,好使诡计。

　　A．孙悟空　　B．猪八戒　　C．唐僧　　D．沙和尚

447．红孩儿突然(　　),把唐僧摄去,待悟空前来,八戒与沙僧呻吟不止。

　　A．刮起漫天黑风　　　　　　B．涌起一阵红云
　　C．弄了一阵黄沙飓风　　　　D．弄了一阵旋风

448. 唐僧被红孩儿抓走,八戒与沙僧只顾自己避风,悟空说该散了,这是因为( )。

　　A. 八戒经常捣蛋　　　　　　B. 唐僧糊涂又不听劝
　　C. 八戒他们只顾自己　　　　D. 确信无法完成任务

449. 红孩儿住在枯松涧( ),其父是牛魔王,其母是罗刹女。

　　A. 水帘洞　　B. 火云洞　　C. 林屋洞　　D. 盘丝洞

450. 牛魔王的儿子乳名叫红孩儿,号叫作( )。

　　A. 圣婴大王　　B. 真火大王　　C. 红火魔王　　D. 婴孩大王

451. 那红孩儿在火焰山修炼了三百年,炼成( ),非常了得。

　　A. 九昧真火　　B. 熔金烈火　　C. 三昧真火　　D. 五昧真火

452. 孙悟空听说妖怪是牛魔王儿子,满心欢喜,因为( ),凭这关系,要回师父不难。

　　A. 牛魔王是手下败将　　　　B. 牛魔王是远房亲戚
　　C. 牛魔王很讲交情　　　　　D. 与牛魔王是结拜兄弟

453. 沙僧听悟空说得好像很有把握,提醒他红孩儿不一定买账,因为( )。

　　A. 三年不上门,当亲也不亲　　B. 妖怪不可能讲交情
　　C. 此人专等吃唐僧肉　　　　　D. 小孩子不会讲交情

454. 红孩儿叫小妖推出五辆小车,按( )安下,然后拿起丈八的火尖枪。

　　A. 东南西北中　　　　　　B. 金、木、水、火、土
　　C. 阴、阳、色、空、无　　D. 日月星辰人

455. 孙悟空来到火云洞,跟红孩儿讲论亲情,说他父亲牛魔王是大哥,他( )。

　　A. 完全相信　　B. 半信半疑　　C. 哪里肯信　　D. 听也没听

456. 悟空与红孩儿战斗正酣,八戒看到( ),赶紧加入格斗行列。

　　A. 悟空会胜自己无功　　　　B. 悟空渐渐不支
　　C. 悟空已经明显下风　　　　D. 红孩儿快失败了

457. 红孩儿武功胜不了悟空,却喷出熊熊大火,后来( )提醒悟

空用水来克火。

　　A. 猪八戒　　　B. 土地公公　　　C. 山神　　　D. 沙和尚

458. 悟空看到红孩儿又喷出火来,叫龙王下雨,可是大雨无法扑灭这火,因为(　　)。

　　A. 水势不够　　　　　　　　B. 龙王不肯也不敢尽力
　　C. 龙王私雨难灭三昧真火　　D. 妖怪有避火功

459. 孙悟空在火中找妖怪打,红孩儿见他就朝他喷一口烟,悟空吃不消,因为(　　)。

　　A. 烟呛着犯气管炎　　　　　B. 他眼睛怕烟
　　C. 烟雾让他看不清　　　　　D. 烟雾让他神志不清

460. 被红孩儿一阵折腾,又被冷水一激,悟空三魂出舍,幸亏八戒(　　)才苏醒。

　　A. 按摩揉擦　　B. 哀哀啼哭　　C. 施送真气　　D. 念叨咒语

461. 实在无奈之际,沙僧想到请观音帮忙收服红孩儿,由(　　)去南海请菩萨。

　　A. 沙和尚　　　B. 孙悟空　　　C. 猪八戒　　　D. 龙王

462. 猪八戒去请菩萨收服红孩儿,半路上看到菩萨端坐在壁岩上,其实这是(　　)假扮的。

　　A. 牛魔王　　　B. 白骨精　　　C. 罗刹女　　　D. 红孩儿

463. 八戒被红孩儿骗走,悟空与沙僧等了一会儿,后来(　　),悟空知道八戒肯定撞上妖精了。

　　A. 仔细一想　　　　　　　　B. 刮过一阵腥风
　　C. 掐指一算　　　　　　　　D. 等的时间太长

464. 悟空变成(　　)来到火云洞,听到红孩儿叫六员健将去请老大王。

　　A. 苍蝇　　　B. 蚊子　　　C. 臭虫　　　D. 蜈蚣

465. 知道红孩儿要请牛魔王吃唐僧肉,悟空就变作牛魔王,驾鹰牵犬,(　　)的样子。

　　A. 装作闲散　　B. 充作等人　　C. 装作遛狗　　D. 充作打围

466. 孙悟空扮成牛魔王进了火云洞,红孩儿要蒸唐僧肉,悟空

( )引起妖怪怀疑。

　　A．说唐僧肉效果是假的　　　B．说唐僧肉有毒伤命

　　C．说现在吃斋　　　　　　　D．说抓了唐僧会倒霉

467．从火云洞出来,悟空呵呵大笑,原来腰酸腿疼现在一点不疼了,他说( )。

　　A．"人逢喜事精神爽"　　　　B．"占了便宜自然爽"

　　C．"得饶人处且饶人"　　　　D．"大人不记小人过"

468．孙悟空去南海请观音,( )观音勃然大怒。

　　A．听到不请自己请龙王　　　B．听到妖怪假扮自己

　　C．知道小孩子抓了唐僧　　　D．知道唐僧在劫难逃

469．从普陀山出来,观音叫悟空跳上( ),悟空不敢,舍命跳上去,竟然很稳当。

　　A．一只没底船　B．一个小舢板　C．一条登陆艇　D．一瓣莲花

470．观音去火云洞前要弟子惠岸上天去找托塔李天王借一副( )一用。

　　A．地煞刀　　　　　　　　　B．越王勾践剑

　　C．天罡刀　　　　　　　　　D．莫邪干将剑

471．观音接住三十六把一副天罡刀,抛在空中,念个咒语,那刀化作( )。

　　A．一座千叶莲台　　　　　　B．一个天罗地网

　　C．一个化妖百宝袋　　　　　D．一座须弥山

472．菩萨在擒红孩儿前要求山神土地在三百里内( ),以免伤害生灵。

　　A．不能遗忘一个小孩　　　　B．不能存留一家人家

　　C．不许遗漏一个小妖　　　　D．不许一个生灵在地

473．收服红孩儿时,观音在悟空手心( ),叫他去与妖怪索战,许败不许胜。

　　A．画了一个神秘符号　　　　B．写一个"迷"字

　　C．滴了一滴五行水　　　　　D．画了一个水符

474．悟空假装斗不过红孩儿,一路败退,赶到菩萨那边也是腾空而

79

起,丢了莲台( )。

  A.送给红孩儿   B.忘记带着升空

  C.让红孩儿坐上去   D.来不及带着

475.红孩儿最后戴上了观音的金箍儿,受戒做了( )。

  A.善财童子   B.守山大神   C.世间火神   D.阴间火神

476.红孩儿被观音收服之后,野心不定,观音打算教他( ),才收法功成。

  A.长期戴金箍念咒语   B.一步一拜拜到落伽山

  C.天天念佛经吃素   D.每日坐禅修炼

477.行走途中,唐僧忽听得水声,大惊,悟空问他是否忘了《多心经》中( )那句。

  A."色即是空空即是色"   B."无即是有有即是无"

  C."无中生有"   D."无眼耳鼻舌身意"

478.来到黑河边,大家商议驮师父过河,八戒说驮不了,因为( ),背不动。

  A.背和尚重于泰山   B.背师父心理紧张

  C.背凡人重若丘山   D.唐三藏脾气不佳

479.师徒面对黑水河无奈,正巧上游来了一只小船,那船太小,只好让( )先过去。

  A.八戒和唐僧   B.悟空与唐僧

  C.沙僧与唐僧   D.悟空、白马和唐僧

480.船到黑水河中,一阵风浪,唐僧立刻不见了,沙僧钻入水中,看到亭台上( )几个字。

  A."通天河通灵神府"   B."流沙河黑神府"

  C."子母河神府"   D."衡阳峪黑水河神府"

481.黑水河妖怪抓到唐僧就去请他舅爷来一同享受,他的舅爷是( )。

  A.东海龙王   B.西海龙王   C.南海龙王   D.北海龙王

482.悟空拿着妖怪请西海龙王赴宴的请柬来找龙王,龙王看到请柬( )。

A. 吓得魂飞魄散　　　　　　B. 高兴得手舞足蹈
C. 兴奋得满脸放光　　　　　D. 惊讶得目瞪口呆

483. 西海龙王敖顺告诉他妹妹生了九个儿子,贤愚不同,这就是(　　)。

A. "龙生龙,凤生凤"　　　　B. "将门出将子"
C. "龙生九种,九种各别"　　D. "老鼠儿子掘壁洞"

484. 西海龙王听悟空讲了原委,就(　　)与悟空一起抓回妖怪问罪。

A. 亲自出马　　　　　　　　B. 叫儿子摩昂
C. 派族中大将　　　　　　　D. 联络其他龙王

485. 唐僧师徒解决了黑水河妖怪,可是还在东岸,还是(　　)帮他们渡过了河。

A. 西海龙王儿子　　　　　　B. 沙和尚
C. 天蓬元帅　　　　　　　　D. 黑水河神

486. 过了黑水河,师徒走在路上突然听到一声吆喝震天响,走近才知是(　　)。

A. 一群和尚齐声打号子　　　B. 发生了地震
C. 前面出现泥石流　　　　　D. 空中打了霹雳

487. 师徒四人过了黑水河,来到一座城池,悟空看到和尚们正在拉车,城中走出两个道士,和尚见了(　　)。

A. 个个非常愤怒　　　　　　B. 个个心惊胆战
C. 个个喜笑颜开　　　　　　D. 个个手舞足蹈

488. 看到这和尚做苦工,道士挺自在的奇怪情景,悟空想弄清真相好回师父,他就(　　)。

A. 变成游方和尚　　　　　　B. 变作基督徒
C. 变作穆斯林　　　　　　　D. 变成云水全真

489. 悟空从道士那里打听到,此地车迟国,国王(　　),所以和尚在做苦力。

A. 提倡研究道教　　　　　　B. 提倡兼容各种宗教
C. 爱道憎佛　　　　　　　　D. 采取弘扬苦行僧

81

490. 车迟国都城内其他所有寺院都被拆毁,除了( ),因为该国太祖神像在内。

  A. 兴福寺　　　B. 智渊寺　　　C. 少林寺　　　D. 延福寺

491. 悟空从三清观回来,先叫醒沙僧,告诉他有许多好吃去享受,八戒( )就醒了。

  A. 梦里听见说吃好东西　　　B. 被悟空打了屁股
  C. 被沙僧大声一惊　　　　　D. 被悟空挠痒痒

492. 悟空三人来到车迟国三清殿,把三清的圣像由八戒搬到右边( )扔掉,然后开吃。

  A. 临时休息处　B. 柴火屋　　C. 仓库　　　D. 厕所

493. 在车迟国三清殿,悟空他们三个扮作三清坐在上面,悟空作元始天尊,八戒作( )。

  A. 灵宝道君　　B. 太上老君　　C. 洞霄灵君　　D. 文昌星君

494. 悟空他们三个在车迟国三清殿大吃,本来不会被人知道,不巧一个小道士回殿( )就发现了。

  A. 拿遗忘的手铃　　　　　B. 睡梦中出恭
  C. 拿遗忘的经卷　　　　　D. 偷吃贡品

495. 小道士吵吵嚷嚷把大妖叫来,虎力大仙看到一片狼藉,奇怪供品被吃,其实( )。

  A. 来了一群老鼠吃的　　　B. 只是八戒一人吃的
  C. 这是悟空他们三个吃的　D. 是智渊寺和尚们吃的

496. 羊力大仙看到供品被吃,以为是( ),其他大仙也相信。

  A. 过路天仙顺手牵羊　　　B. 殿内老鼠蟒蛇等吃了
  C. 地府饿鬼等来作祟　　　D. 自己虔心感动天尊

497. 听到车迟国妖怪祷告,假扮天尊的悟空忽然说话,大小道士( ),祷告更加厉害。

  A. 以为天仙心情不快　　　B. 以为天尊真的下凡
  C. 以为自己惹怒了天尊　　D. 害怕天尊降罪于己

498. 发现不赐圣水道士不会罢手,悟空叫道士拿来器皿,妖怪喝到的圣水其实是( )。

A. 悟空他们的尿液 B. 八戒去厕所取的脏水
C. 八戒去河里取的水 D. 智渊寺和尚的尿液

499. 车迟国国王听到四个和尚来倒换关文就要抓人,幸亏(　　)说明才宣唐僧等进殿。

A. 虎力大仙 B. 鹿力大仙
C. 羊力大仙 D. 当驾的太师

500. 车迟国国王正看关文,听大仙说明昨天发生的杀人、赐尿等事情,国王(　　)。

A. 惊讶,担心三个大仙 B. 疑惑,不明其法力
C. 发怒,欲诛杀四人 D. 高兴,除大仙机会

501. 车迟国朝堂上,悟空与大仙争议难断,国王混乱,此际恰好百姓求雨,国王决定(　　)。

A. 立即斥退唐僧师徒 B. 让僧道求雨赌胜
C. 与大仙商量如何处置 D. 暂且放下此事

502. 在车迟国赌求雨法力时,大仙果然请来风婆等要下雨,悟空责骂他们,可是他们是(　　)。

A. 害怕大仙法力 B. 知道大仙是玉帝亲戚
C. 听从如来的懿旨行事 D. 奉玉帝旨意行事

503. 在车迟国,悟空在天空阻止了大仙求雨,与下雨诸神讲妥信号,最后第四次金箍棒上指就(　　)。

A. 龙王他们下雨 B. 雷公打雷
C. 风婆放风 D. 云童子布云

504. 车迟国大仙求雨不成,国王问其缘故,那大仙却推脱说(　　)。

A. 龙神被玉帝叫去出差了 B. 龙神他们病了
C. 今天龙神都不在家 D. 龙神被妖怪阻止了

505. 悟空金箍棒指了四指,求雨成功,车迟国国王要放他们走,三个道士不让,他们说(　　)。

A. 还要再赌其他法力 B. 刚才的雨是他们功劳
C. 这次有偶然性 D. 这个事情不能算

506. 求雨功劳到底是谁的,车迟国国王分辨不清,最后悟空说谁能够(   ),就算本事。

　　A. 请玉帝出现　　　　　　B. 翻筋斗云

　　C. 请观音前来　　　　　　D. 叫龙王现身

507. 看到孙悟空呼风唤雨,车迟国国王要把关文递给唐僧,虎力大仙却要再赌(   )。

　　A. 云梯显圣　B. 久坐参禅　C. 云端坐禅　D. 坐禅显韧

508. 鹿力大仙看到唐僧与虎力大仙坐禅不分上下,变作(   ),咬住长老。

　　A. 一个大蜜蜂　　　　　　B. 一个大黄蜂

　　C. 一个大蚊子　　　　　　D. 一个大臭虫

509. 发现道士捣鬼,悟空变作(   )径来虎力大仙鼻凹里叮了一下,大仙翻到地上。

　　A. 一条一尺长的眼镜蛇　　B. 一条七寸长的蜈蚣

　　C. 一条七寸长的响尾蛇　　D. 一条一尺长的蜈蚣

510. 鹿力大仙眼看他们输了,不服气,还要赌(   ),国王只能答应。

　　A. 闭眼猜谜　B. 蒙眼猜枚　C. 隔板猜枚　D. 隔板看字

511. 车迟国赌胜时,一个红漆柜子里放着一套宫衣,悟空钻进去把它变成(   ),还撒了泡尿。

　　A. 一口破烂流丢的钟　　　B. 一件乞丐穿的臭衣

　　C. 一件老鼠咬碎的旗袍　　D. 一堆破衣烂衫

512. 车迟国国王看到宝物变废物,很是不爽,亲自把(   )放在柜子里,以为妥当。

　　A. 一个砀山梨　　　　　　B. 一个大苹果

　　C. 一个大仙桃　　　　　　D. 一个火龙果

513. 车迟国国王看到唐僧他们法力高强,以为(   ),决意放他们出去。

　　A. 道士法力早已失效　　　B. 鬼神都暗中助他们

　　C. 唐僧他们是圣人再生　　D. 唐僧有阎王帮助

514. 国王正议放唐僧,虎力大仙进来说猜物件不算,装一个( ),就变不得了。

    A. 尼姑　　　　B. 老僧　　　　C. 小和尚　　　　D. 道童

515. 虎力大仙大叫:这次是个道童,唐僧说是和尚,后来出来个和尚,( )。

    A. 高呼救苦救难观音菩萨　　　　B. 高呼西方极乐世界
    C. 敲着木鱼,念着佛　　　　　　D. 高呼南无阿弥陀佛

516. 虎力说他们兄弟三个还有砍头、剜心和入油锅等本事,要与唐僧赌,悟空听了( )。

    A. 哈哈大笑　　　　　　　　B. 有些紧张
    C. 非常害怕　　　　　　　　D. 急忙设法躲避

517. 悟空先去砍头,头滚在地上,脖子里没有血,最后他的头( )。

    A. 自动装上无痕　　　　　　B. 从脖子里再长出来
    C. 连叫头来就跳上装好　　　D. 再也没有头颅

518. 虎力大仙也去砍头,没头的大仙叫"头来",可是被悟空变的狗叼走,现出( )。

    A. 没头的孟加拉虎　　　　　B. 没头的华南虎
    C. 没头的东北虎　　　　　　D. 没头的黄毛虎

519. 鹿力大仙看到兄长死了,定要与和尚赌( ),才肯罢休。

    A. 剖腹剜心　　　　　　　　B. 剖腹洗肠胃
    C. 剖腹洗肝肺　　　　　　　D. 剖腹洗脾

520. 鹿力大仙剖腹后正在理弄,悟空毫毛变作( ),大仙现形是白毛角鹿。

    A. 巨蟒吞下道士　　　　　　B. 鳄鱼吞掉道士
    C. 饿鹰抓去五脏心肝　　　　D. 鲨鱼吞下道士

521. 羊力大仙看到两位师兄死了,定要与和尚赌( ),自以为必胜无疑。

    A. 沸水里洗澡　　　　　　　B. 下滚油锅洗澡
    C. 炼钢炉里洗澡　　　　　　D. 丹炉里洗澡

522. 与羊力大仙比赌下滚油锅洗澡时,孙悟空跳进油锅,翻腾玩耍,后来( ),大家都以为他融化了。

　　A. 变成铁钉沉入锅底　　　　B. 变成碎金沉入锅底
　　C. 变成玉石沉入锅底　　　　D. 变作枣核不再起来

523. 车迟国国王听到悟空已经化在油锅中,立命拿下唐僧,唐僧以为悟空真的死了,要求( )。

　　A. 在锅边烧纸钱　　　　　　B. 为悟空念经超度
　　C. 再等等看情况　　　　　　D. 跟悟空一起死

524. 羊力大仙下锅也无碍,悟空觉得奇怪,一探发现温度极低,召龙王一问才明白( )。

　　A. 他练的冰冻术　　　　　　B. 他练就冬眠术
　　C. 他练的冷龙术　　　　　　D. 他练的冰窖术

525. 龙王收了冷龙,羊力大仙霎时间骨脱皮焦肉烂,现形是只( )。

　　A. 湖羊　　　B. 羚羊　　　C. 山羊　　　D. 蒙古羊

526. 悟空将离开车迟国时要求国王别偏心,( ),才可以江山永固。

　　A. 把三教归一　　　　　　　B. 重儒不废道
　　C. 特别弘扬佛教　　　　　　D. 要重视培养人才

527. 离开车迟国,师徒来到河边,八戒用( )试探河水深浅。

　　A. 卫星遥感测量　　　　　　B. 跳入河中摸底
　　C. 钉耙插入水中　　　　　　D. 往水中扔石头

528. 悟空看到河边一面石碑,碑上有三个篆文大字( )。

　　A."流沙河"　B."天河"　C."通天河"　D."尼罗河"

529. 师徒来到通天河边的人家,里面有些和尚在念经,看到悟空他们三个,和尚们( )。

　　A. 跌跌爬爬通跑干净了　　　B. 非常高兴,交流佛学
　　C. 邀请一起念经　　　　　　D. 起来招待客人

530. 在通天河边的人家,还没吃饭,唐僧先念一卷( ),八戒却先吃了。

A.《感恩经》　　B.《金刚经》　　C.《多心经》　　D.《启斋经》

531. 通天河边那家人家也姓陈,刚才和尚们念经是做(　　),他家两个孩子将成供品献给河神。

　　A. 径往西天斋　　　　　　B. 预修亡斋
　　C. 预入天堂斋　　　　　　D. 往生极乐世界斋

532. 车迟国内陈家庄的那家人家,今年小孩子七岁,起名陈关保,因为(　　)。

　　A. 想关起来保住孩子　　　B. 子嗣稀少即将断香火
　　C. 是在关帝牌位下求得此子　D. 想拼命保住孩子

533. 通天河的妖怪经常来百姓家走动,来时不见其形,(　　),老陈家不敢作弊。

　　A. 只闻得一阵香风　　　　B. 只见一阵黑风
　　C. 只听得一阵铛铛声　　　D. 只感觉一阵冷飕飕

534. 听到悟空愿意代替陈家小儿去献祭,陈清磕头说愿送一千两银子(　　)。

　　A. 给悟空做塑像祭祀　　　B. 给唐僧做西去盘缠
　　C. 给悟空做金像膜拜　　　D. 修个寺庙敬佛

535. 悟空叫八戒变作陈澄的女儿,八戒坚决不肯,他(　　)。

　　A. 怕妖怪威胁自己性命　　B. 担心自己被妖怪识破
　　C. 不高兴去冒险　　　　　D. 不会变小女孩

536. 在通天河边,八戒与悟空变成一对童男女,急着问妖怪怎么吃,听到(　　),非常高兴。

　　A. 带回去吃　　B. 一起吃　　C. 先吃童男　　D. 先吃童女

537. 悟空与八戒被抬到灵感庙,此时他看到庙里只有一个金字牌位(　　)。

　　A. "灵感大王之位"　　　　B. "灵感大王之神"
　　C. "通天河神之位"　　　　D. "波塞冬之位"

538. 在通天河边的灵感庙,悟空与八戒听到风声,一会儿妖怪来了,却不敢来拿,因为(　　)。

　　A. 悟空笑着对答出意外　　B. 感觉悟空法力无边

C. 预感今天要出大坏事　　　　D. 今天他身体不好

539. 妖怪在通天河边的灵感庙看到苗头不对,突然打算改变以往做法,(　　),八戒立刻慌张起来。

A. 先玩玩再吃　B. 一起吃掉　C. 先吃童女　D. 先吃童男

540. 通天河妖怪吃不到祭品很烦恼,一个斑衣鳜婆献上妙计,妖怪反悲为喜,因为他(　　)。

A. 可以与鳜婆成亲结婚　　　　B. 可以立地成佛
C. 可以重新吃到童男女　　　　D. 可以不吃凡人吃唐僧肉

541. 第二天师徒被冻醒,通天河结冰,唐僧奇怪,可陈清他们觉得自然,他说(　　)。

A. 天有不测风云　　　　　　　B. 这里八月就有霜雪
C. 这里一直气候多变　　　　　D. 近年气候变冷

542. 大家来到通天河边,见许多人在冰面上行走,陈老说对面是西梁女国,过河贩卖(　　)。

A. 利润可达十倍　　　　　　　B. 利润翻番
C. 百钱可以变为万钱　　　　　D. 一本万利

543. 看到通天河冰面上已经可以行走,唐僧决意立刻过河,(　　)劝他等两日冰融后再渡。

A. 沙和尚　B. 猪八戒　C. 孙悟空　D. 没有人

544. 师徒来到通天河冰面,马蹄滑了一滑,悟空想了(　　)的办法解决。

A. 用雪橇拉人与马　　　　　　B. 用溜冰滑雪
C. 用铁钉装在马足上　　　　　D. 用稻草包裹马足

545. 通天河怪抓到唐僧立刻叫鳜婆为"贤妹",要兑现承诺,他认为(　　)。

A. "男子汉说话要算数"　　　B. "一言既出,驷马难追"
C. "妖怪尤其要讲诚信"　　　D. "得一贤内助足矣"

546. 唐僧被通天河妖怪抓走,悟空在空中问师父何在,八戒告诉他师父(　　)。

A. 姓陈名到底　　　　　　　　B. 已经到西天佛祖那里

C. 已经进入天堂　　　　　　D. 与妖怪一家人了

547. 兄弟三人要入通天河救师父,商量先了解情况,八戒积极要求驮悟空,他想(　　)。

A. 他力气大,悟空又轻　　　B. 卖个好以后可得照顾
C. 这是捉弄他的好机会　　　D. 对沙僧不放心

548. 在通天河,孙悟空知道八戒想捉弄他,就拔根毫毛变个假身伏在八戒背上,真身变成(　　)。

A. 小虾游走　　　　　　　　B. 猪虱子贴在耳朵上
C. 乌龟跟着　　　　　　　　D. 蚊子叮着

549. 在通天河水中行走,八戒得个机会把背上悟空一摜,假装摔跤,"悟空"被摜得(　　)。

A. 无影无踪　　B. 皮开肉绽　　C. 粉身碎骨　　D. 脑浆迸裂

550. 悟空三人在通天河里行走多时,忽然抬头望见一座楼台,上有(　　)四个大字。

A. "通天河神"　　　　　　　B. "灵河神府"
C. "洞天福地"　　　　　　　D. "水鼋之府"

551. 在通天河,为了要进门观察实际情况,悟空叫八戒、沙僧隐藏左右,自己变作(　　)跳进门去。

A. 长脚虾公　　B. 小鲤鱼　　C. 长脚虾婆　　D. 小水蛇

552. 在通天河,扮作长脚虾婆的悟空不见师父,跳到(　　)面前询问。

A. 大肚虾婆　　B. 鳄鱼　　　C. 鳗鱼　　　D. 乌龟

553. 在通天河里,那妖怪不知道孙悟空的名头,可是其中的(　　)却从龙王那里知道悟空。

A. 鲤鱼精　　　B. 鳜婆　　　C. 虾精　　　D. 乌龟精

554. 那通天河妖怪躲在水里不出,悟空无法,只能去南海找观音(　　),再做打算。

A. 请他擒拿妖怪　　　　　　B. 让他派人帮忙
C. 与他商量计谋　　　　　　D. 了解妖怪根源

555. 悟空来到翠岩前面,以前的圣婴大王红孩儿上前(　　)。

A．表达谢意　　　　　　　　B．责骂悟空害他
C．要与悟空再比试比试　　　D．询问现在到何处

556．这次降服通天河妖怪,观音菩萨(　　)与悟空一起前往。
A．叫木叉　　B．叫善财童子　　C．亲自　　D．叫黑熊

557．菩萨来到通天河,用丝绦拴住篮子,往空中一抛,念着(　　),念了七遍。
A．"该死的妖孽上来"　　　B．"死的去,活的住"
C．"阿弥陀佛"　　　　　　D．"妖上来,良自住"

558．通天河妖怪原来是菩萨(　　),因海潮浮涨,走到这里。
A．南海里的鲨鱼　　　　　B．南海里的海龟
C．南海里的鲤鱼　　　　　D．莲花池里的金鱼

559．陈家庄人打船准备送唐僧他们,没想到水中钻出一个怪来,要送他们过河,那是(　　)。
A．通天河中海龟　　　　　B．河中龙王太子
C．通天河中老鼋　　　　　D．河中聪明的海豚

560．通天河老鼋说今天除妖既让陈家庄脱苦,又让他蒙惠,真是(　　)。
A．一举两得　　B．一石二鸟　　C．再造父母　　D．福泽无边

561．过了通天河,众人在岸上送别唐僧师徒,看着老鼋前行,焚香叩头,都念(　　)。
A．"南无三藏法师"　　　　B．"南无弥勒佛"
C．"南无观世音菩萨"　　　D．"南无阿弥陀佛"

562．上了通天河岸之后,唐僧要感谢老鼋,他说不必谢,要唐僧帮他询问佛祖他几时能够(　　)。
A．得道成仙　　　　　　　B．脱本壳,成人身
C．取得正果　　　　　　　D．成佛脱离轮回

563．离开通天河来到一座高山,唐僧饿了急于吃饭,悟空去化斋,担心师父安全,(　　)。
A．安排八戒在前沙僧在后　　B．把唐僧藏于马肚底下
C．用金箍棒画了一圈　　　　D．用袍子盖住唐僧

564. 在金皘山,八戒撺掇师父走出悟空画的圈子,来到那楼阁之所,走进门里,八戒来到象牙床前看到( )。
   A. 白媸媸的一堆骸骨　　　　B. 一个妖艳女子躺着
   C. 一个妖怪斜躺着　　　　　D. 一堆热气腾腾饭菜

565. 八戒在金皘山的空宅里没见到人,只看见三件纳锦背心,拿来与沙僧一起穿了,没想到( )。
   A. 衣服挺暖和　　　　　　　B. 站立不稳且被捆了
   C. 衣服非常合身　　　　　　D. 衣服如铁丝网

566. 在金皘山的空宅里,八戒拿来衣服给师父穿,唐僧无论如何不肯穿,他认为( ),不愿穿。
   A. 陌生人的衣物有危险　　　B. 不怎么冷没必要
   C. 修炼已成不怕冷　　　　　D. 公取窃取皆为盗

567. 在金皘山,悟空化斋回来不见师父及人马,只见一个老翁带着童仆,其实老翁是( )。
   A. 太白金星　B. 太上老君　C. 此间山神　D. 妖怪安排

568. 金皘山山神告诉孙悟空,此山上的妖精是( ),神通广大。
   A. 独角兕大王　　　　　　　B. 牛魔王弟弟
   C. 白骨精妹妹　　　　　　　D. 蜈蚣精

569. 独角兕与孙悟空战了三十回合不分胜负,他们各自( )。
   A. 咒骂对方　　　　　　　　B. 诅咒对方
   C. 谩骂对方十八代祖宗　　　D. 称赞对方本事

570. 孙悟空的金箍棒变作千百条,把小妖吓跑了,可是独角兕抛出一个( )套去了武器。
   A. 金项链　　　　　　　　　B. 白森森的圈子
   C. 精钢圈　　　　　　　　　D. 乾坤圈

571. 孙悟空武器被独角兕套去,静下心思考此物来源,听到他( ),估计来自天上。
   A. 骂自己弼马温　　　　　　B. 骂自己石猴精
   C. 赞扬自己大闹天宫　　　　D. 骂自己偷吃金丹

572. 面对独角兕,悟空得到玉帝懿旨,挑选天兵天将擒妖,他选定了（　　）。

　　A．二郎神　　　　　　　　B．托塔李天王父子
　　C．太上老君　　　　　　　D．王母

573．哪吒首先出阵与独角兕战，结果所有兵器全被套去，悟空只能再去请（　　）。

　　A．火德星君　　B．龙王放水　　C．雷神霹雳　　D．太上老君

574．托塔李天王与独角兕战了一阵假装败退，火德星君放火，也被收去，悟空再请（　　）。

　　A．东海龙王　　B．西海龙王　　C．海神　　　　D．水德星君

575．水德星君听到悟空请求，立刻（　　）带领众人出发擒妖。

　　A．派黄河神　　　　　　　B．亲自
　　C．派长江神　　　　　　　D．派尼罗河神

576．水神也奈何不得那独角兕怪，大家商议只有偷掉那个圈才行，悟空进去先（　　）出来。

　　A．拿出哪吒的武器　　　　B．拿出火神武器
　　C．拿出金箍棒　　　　　　D．拿出水神武器

577．悟空不明独角兕来历，往西天寻访，来到灵山，比丘尼尊者叫道：孙悟空（　　）。

　　A．你不要随便乱走　　　　B．从哪里来，到哪里去
　　C．这里不是你捣乱地方　　D．好久不见

578．见到如来，悟空备述独角兕大王情形，如来就派十八罗汉，给他十八粒（　　）助力。

　　A．精钢珠　　B．舍利珠　　C．琉璃珠　　D．金丹砂

579．悟空看见只有十六罗汉随他战独角兕，就问还有两个何在，降龙伏虎两人说（　　），所以晚了。

　　A．如来授计他们　　　　　B．如来另有任务给他们
　　C．如来另有交代　　　　　D．走得慢赶不上

580．十八罗汉的金丹砂也被套去，此时降龙伏虎告诉悟空去（　　）太上老君处查找。

　　A．离恨天兜率宫　　　　　B．东海蓬莱山

  C. 蟠桃园   D. 牵牛星座

  581. 太上老君没想到悟空前来,闲聊之中,悟空东张西望,忽然发现(　　)不见了。

  A. 黄犬   B. 黑驴   C. 白马   D. 青牛

  582. 老君询问看牛童子,童子说丹房里捡了丹药吃了,原来是(　　),老君说该睡七天。

  A. 五行火丹   B. 七返火丹   C. 阴阳浑融丹   D. 六神丸

  583. 悟空问老君有无丢宝贝,一个圈子很是厉害,老君急查发现不见了(　　)。

  A. 乾坤圈   B. 精钢圈   C. 金钢琢   D. 木桶圈

  584. 那独角兕大王看到太上老君,(　　),不明白怎么找来了主公。

  A. 高兴得手舞足蹈   B. 吓得心惊胆战

  C. 惊慌得不明方向   D. 头晕得不知如何

  585. 老君收了青牛,悟空别了天神,救出师父,山神、土地叫唐僧(　　)。

  A. 吃了斋饭再走   B. 休息一晚再走

  C. 教他们念一卷经再走   D. 等他们的宴会后走

  586. 老君收了青牛,悟空批评八戒不该孳嘴孳舌让师父遭难,唐僧明确表示(　　)。

  A. 让八戒闭嘴   B. 以后再不听八戒

  C. 以后再不敢自作主张   D. 下次定然听悟空吩咐

  587. 师徒来到子母河边,河水清澈,高叫摆渡,来了个(　　),悟空有些疑惑。

  A. 皓首老翁   B. 小孩   C. 妇人   D. 壮汉

  588. 孙悟空问摆渡的妇女,怎么艄公不在,那妇人(　　),其实暗藏玄机。

  A. 说艄公在家歇息   B. 微笑不答

  C. 说艄公身体欠佳   D. 说艄公本来没有

  589. 上了岸,八戒在子母河中舀了水给师父喝了,余下自己喝干,走了一会儿,两个腹痛,(　　)。

A．渐渐肚子大起来了　　　　B．过一会就好了

C．后来拉肚子了　　　　　　D．后来休克了

590．老婆婆问清唐僧、八戒肚痛缘由,哈哈大笑,告诉他们这河叫(　　),唐僧、八戒肯定是怀孕了。

A．送子河　　B．圣婴河　　C．子母河　　D．女儿河

591．三藏、八戒还在哼哼,老婆婆说,这里是(　　),全国没有男子。

A．西梁女国　　　　　　　　B．母系部落

C．王母故乡　　　　　　　　D．七仙女故乡

592．三藏要堕胎药,他们说没用,这里有座解阳山,那里有眼(　　),喝了此泉才解胎气。

A．消胎泉　　B．驱胎泉　　C．万宝灵　　D．落胎泉

593．原来的破儿洞被一个道士改名(　　),护住落胎泉水,不让喝了。

A．正阳观　　B．聚仙庵　　C．玄妙观　　D．上真观

594．悟空来到解阳山,庄院门口看到一个道士,上前说明原委,那道士(　　)。

A．要黄金白银　　　　　　　B．一口拒绝

C．要花红酒礼　　　　　　　D．没有理睬他

595．解阳山真仙听到孙悟空名字,怒从心上起,恶向胆边生,原来他是(　　)。

A．牛魔王的兄弟　　　　　　B．白骨精的哥哥

C．虎力大仙的弟弟　　　　　D．唐僧的冤家

596．孙悟空向解阳山真仙解释红孩儿已经是菩萨的善财童子,可妖怪觉得不好,还是(　　)。

A．做妖怪光荣　　　　　　　B．做妖怪财源滚滚

C．做妖怪为所欲为　　　　　D．自在为王好

597．把住落胎泉的道士虽斗不过悟空,可悟空也取不到泉水,后来(　　),沙僧得水。

A. 用瞒天过海计   B. 用调虎离山计
C. 用离间计   D. 用美女计

598. 喝了落胎泉水之后,唐僧、八戒欲解手,悟空叫他不能去风地里,以免(　　)。

A. 弄个产后之疾   B. 被吹跑了
C. 胎气复来   D. 伤风感冒

599. 唐僧、八戒消了胎气,剩下的泉水送给那家,她装在瓦罐中,(　　),众人无不欢喜。

A. 放在厨房里   B. 藏在冰柜里
C. 埋在后边地下   D. 放着保险箱内

600. 进入西梁女国城内,满街上的人们看到唐僧师徒一齐鼓掌,叫(　　)。

A. "和尚到了!"   B. "人种来了!"
C. "唐人来了!"   D. "新国王来了!"

601. 西梁女国驿丞向女王禀报唐僧经过事宜,女王当众说要招唐僧为国王,众女官(　　)。

A. 惊惧慌张   B. 疑神疑鬼
C. 觉得稀奇好笑   D. 拜舞称扬,无不欢悦

602. 西梁女国女王详细了解情况后决定,唐僧留下与己成婚,三个徒弟(　　)。

A. 留下来陪他   B. 留下来守护国都
C. 打发他们去西天取经   D. 留下来给百姓

603. 听到西梁女国太师等前来馆驿,唐僧担心来说媒,孙悟空说(　　)。

A. 师父只管允他   B. 少不得又要动棒
C. 千万不能答应   D. 拒绝他,他也无法

604. 猪八戒告诉西梁女国太师,师父不会招赘,还是让自己留下招赘,太师听后(　　)。

A. 彬彬有礼地回绝   B. 胆战心惊,不敢回话
C. 搪塞说研究研究   D. 说汇报女王后定夺

605. 西梁女国太师来给唐僧说媒,唐僧问悟空怎么办,悟空说在这里也好,因为此事属于(　　),答应为好。

  A. 前世注定   B. 回绝不祥

  C. 好事多磨   D. 千里姻缘一线牵

606. 在西梁女国,唐僧骂悟空答应婚事,悟空却若无其事地说,既遇上这样的人,不得不(　　)。

  A. 将计就计   B. 金蝉脱壳   C. 顺应自然   D. 安时处顺

607. 唐僧心里不放心,要悟空说明从西梁女国脱身办法,悟空解释说叫(　　)之计。

  A. 半推半就   B. 假戏真做   C. 假亲脱网   D. 美男计

608. 西梁女国女王听到唐僧他们慨然应允,非常高兴,立刻排好大宴,并且(　　)迎接唐僧进宫。

  A. 派宰相   B. 亲自出马

  C. 派太师   D. 派满朝文武

609. 西梁女国女王来到馆驿,唐僧耳红面赤,八戒看了女王袅娜,忍不住(　　)。

  A. 发起呆来,定要招赘   B. 手舞足蹈,兴奋过度

  C. 心生代替师父之计   D. 口嘴流涎,心头撞鹿

610. 进城入西梁女国王宫途中,八戒大声喧哗,唐僧要求女王给八戒(　　),不然无法成事。

  A. 安排些酒食吃   B. 喝足五粮液

  C. 一箱茅台酒   D. 也找个女眷

611. 唐僧在西梁女国被妖怪抓去是在(　　)时候,大家没有防备。

  A. 王宫里喜宴喝酒   B. 王宫里喜宴之后

  C. 送悟空他们西去的路上   D. 悟空他们取经回来

612. 西梁女国国王是个(　　),确实欲与唐僧结合,完成旷世之举。

  A. 妖怪化身   B. 过路妖怪

  C. 专门等待唐僧的妖怪   D. 凡间女子

613. 离开女儿国后,唐僧被一女子摄去,兄弟三人循尘查访,来到

一座高山,渐见两扇石门,上有六个大字(　　)。

　　A."花果山水帘洞"　　　　B."毒敌山琵琶洞"

　　C."天下第九洞府"　　　　D."昆仑山盘丝洞"

614. 悟空打算先去琵琶洞探清虚实,就摇身一变,变作一个(　　),真个轻巧!

　　A. 蜜蜂　　B. 苍蝇　　C. 蚊子　　D. 蛐蛐

615. 在琵琶洞内,悟空看到师父(　　),暗中嗟叹道:"师父中毒了!"

　　A. 面白唇红　　　　　　B. 神色慌张

　　C. 脸色惊恐　　　　　　D. 面黄唇白,眼红泪滴

616. 琵琶洞里,妖怪叫小妖拿出荤素面饭两盘,荤的是(　　),素的是邓沙馅。

　　A. 猪肉馅　　B. 牛肉馅　　C. 蟹黄馅　　D. 人肉馅

617. 唐僧与琵琶洞妖怪对语相攀,悟空担心师父(　　),忍不住现了本相。

　　A. 上了妖怪的当　　　　B. 被妖怪真的迷惑了

　　C. 乱了真性　　　　　　D. 与妖怪动了真情

618. 悟空、八戒与琵琶洞妖怪缠斗多时,女怪将身一纵,使出(　　)把悟空头皮扎了。

　　A. 海底捞针　　　　　　B. 倒马毒桩

　　C. 水中捞月　　　　　　D. 白鹤亮翅

619. 琵琶洞妖怪对唐僧软语细言,要和唐僧做会夫妻,她认为(　　)。

　　A."黄金未为贵,安乐值钱多"　B."人生得意须尽欢"

　　C."春宵一刻值千金"　　　　D."芙蓉帐里度春宵"

620. 琵琶洞内妖怪与唐僧散言碎语,直斗到更深,女怪拉拉扯扯,三藏(　　)。

　　A. 渐渐有些动心　　　　B. 慢慢有点迷糊

　　C. 老老成成的不肯　　　D. 逐渐心旌摇曳

621. 八戒与悟空都被琵琶洞内妖怪扎伤,此时看见一个老妈走来,

悟空便知是菩萨,他看到(　　)。

　　A．脚底有莲花瓣　　　　　　B．头上有祥云盖顶

　　C．篮子就是鱼篮　　　　　　D．走路姿势菩萨特有

622．观音告诉悟空等,琵琶洞里的妖怪是个(　　),十分厉害。

　　A．野鸡精　　B．蜈蚣精　　C．蛇精　　D．蝎子精

623．菩萨对悟空说,琵琶洞蝎子精曾在雷音寺听讲佛经,还把(　　)扎了,也疼痛难忍。

　　A．如来　　B．迦叶　　C．阿难　　D．须菩提

624．孙悟空听菩萨说她也对蝎子精无法,叫他去请(　　)才能降服此怪。

　　A．太上老君　　B．昴日星官　　C．东海龙王　　D．王母娘娘

625．来到东天门,悟空去(　　)找昴日星官降服蝎子精。

　　A．太阳宫　　B．大明宫　　C．光明宫　　D．凡尔赛宫

626．行者把蝎子精引出琵琶洞,叫声昴宿何在,那星官现出本相,原来是只(　　)。

　　A．双冠子大公鸡　　　　　　B．北极熊

　　C．鸭嘴兽　　　　　　　　　D．帝企鹅

627．离开琵琶洞,翻过一山,忽听得一棒锣声,路边闪出三十多人,其实他们是(　　)。

　　A．太平天国起义军　　　　　B．水泊梁山好汉

　　C．为白骨精报仇的　　　　　D．拦路抢劫的强盗

628．唐僧被一伙强盗吊在树上,八戒来了看见以为师父在(　　)。

　　A．爬上大树观察形势　　　　B．荡秋千玩耍

　　C．在与徒弟开玩笑　　　　　D．想不开寻死

629．悟空看到师父被吊空树上,细看那伙人是强盗,就摇身一变,变成一个(　　)。

　　A．干干净净的小和尚　　　　B．整整洁洁的小道士

　　C．腰缠万贯的大商人　　　　D．袅娜多姿的花姑娘

630．孙悟空对那伙强盗说那根棍子拿得动就送他们,两个贼上前抢,就(　　),动不得。

A. 如蚍蜉撼大树　　　　　　B. 如飞蛾衔泰山
C. 如蜻蜓撼石柱　　　　　　D. 如小勺舀大海

631. 悟空一会儿就打死两个强盗,唐僧很不忍心,叫八戒挖坑埋了,给死者念(　　)。
A.《超度亡灵经》　　　　　　B.《倒头经》
C.《金刚经》　　　　　　　　D.《坛经》

632. 三藏给两个死亡的强盗念完经,又撮土祷告说(　　)。
A."千万别去阴府告状"　　　B."别在阎王处告状"
C."赶快去投胎转世"　　　　D."好汉告状只告行者"

633. 来到老杨家,老杨说儿子不务正业做强盗去了,唐僧(　　),神思不安。
A. 怀疑悟空杀的是其子　　　B. 想到被强盗拦路
C. 替老杨可怜可惜　　　　　D. 为其遭遇悲伤

634. 半夜,老杨儿子回来,发现打死他们老大的在自己家,磨刀报复,老杨知道后(　　)。
A. 训斥儿子及其同伙　　　　B. 叫唐僧他们走了
C. 帮助儿子他们报仇　　　　D. 劝诫儿子归正

635. 东方日出,那伙强盗才赶上唐僧师徒,悟空留下殿后,问清老杨儿子,他就(　　)。
A. 放他一条生路　　　　　　B. 劝他改邪归正
C. 割下其首级　　　　　　　D. 捆住送回老杨家

636. 看到老杨儿子尸首,唐僧大惊失色,(　　)。
A. 念起紧箍咒　　　　　　　B. 吓死过去了
C. 嚎啕大哭　　　　　　　　D. 念经超度

637. 看到悟空昨夜打死两人,今早又不听劝告打死多人,唐僧就坚决(　　)。
A. 把悟空交给观音　　　　　B. 把悟空交给如来
C. 叫悟空去玉帝那里报到　　D. 赶走孙悟空

638. 因打死老杨儿子等,悟空被赶走,实在没有办法,他只好去找(　　)。

A. 牛魔王　　　　B. 观音菩萨　　　C. 玉帝　　　　　D. 龙王

639. 又一次被师父赶走,悟空望见菩萨(　　),觉得自己实在冤屈。

A. 泪如泉涌,放声大哭　　　　B. 连声叫屈,抱怨唐僧
C. 诉说自己功绩　　　　　　　D. 批评唐僧无能

640. 听悟空详细讲述打死强盗经过,菩萨说草寇虽然不良,但(　　)。

A. 应该进行教育　　　　　　　B. 最好办培训班教育
C. 毕竟是人,不应打死　　　　D. 只能批评教育

641. 悟空被赶走后,八戒与沙僧化斋取水回来,只见师父(　　),行李也不见了。

A. 昏睡过去,一时难醒　　　　B. 面磕地,倒在尘埃中
C. 已经死去多时　　　　　　　D. 傻傻地在等待

642. 看到师父不醒,行李没了,八戒以为是(　　)来报复。

A. 被赶走的悟空气不过　　　　B. 又遇到强盗
C. 以前打死的冤鬼　　　　　　D. 赶走的强盗余党

643. 假悟空夺走了行李,唐僧想去要回,派沙僧去,不要八戒去,因为八戒(　　)。

A. 原与悟空不和　　　　　　　B. 样子实在难看
C. 专会说笑话　　　　　　　　D. 与悟空关系很好

644. 沙僧奉命去花果山讨回行李,看到悟空就叫师兄,那猴王看到沙僧(　　)。

A. 立即暴跳如雷　　　　　　　B. 使出金箍棒乱打
C. 鸣冤大哭　　　　　　　　　D. 却不认得

645. 假悟空告诉沙僧,他打算自己(　　),送上东土,万代传名。

A. 上雷音寺请如来　　　　　　B. 上西方拜佛求经
C. 邀请弥勒佛来　　　　　　　D. 恳求观音菩萨来

646. 沙和尚竟然在花果山看到个假沙僧,双手举起降妖杖一下打死,原来是个(　　)。

A. 猪精　　　　　B. 羊精　　　　　C. 猴精　　　　　D. 狗精

647. 沙和尚来到南海观音处,看到悟空站在旁边,(　　)。

　　A. 望行者劈脸就打　　　　B. 奇怪他怎么来的

　　C. 立刻明白了全部真相　　D. 非常高兴

648. 沙和尚对观音诉说悟空打师父等事,菩萨不信,最后想出一个辨别办法,(　　)。

　　A. 叫沙僧去找如来　　　　B. 让两个悟空见真假

　　C. 叫沙僧去找玉帝　　　　D. 叫沙僧去找师父

649. 沙僧与悟空一起来到花果山,悟空想先去打探,沙僧不肯,因为他(　　)。

　　A. 斗不过悟空　　　　　　B. 确信一起来的是假的

　　C. 担心真悟空吃亏　　　　D. 此时怀疑悟空

650. 两个一模一样的悟空打斗多时,不见胜负,也辨不出真假,他们来到珞珈山,(　　)。

　　A. 想在山上斗出胜负　　　B. 想去南海一游

　　C. 想让观音辨别真假　　　D. 试验菩萨法力

651. 在珞珈山,观音欲验出真假孙悟空,先用了(　　)的办法,没有用。

　　A. 念紧箍咒　　　　　　　B. 问大闹天宫事情

　　C. 问唐僧一路上细节　　　D. 查后脑勺救命毫毛

652. 观音无法辨别真假悟空,叫他们去天宫,因为(　　)。

　　A. 太上老君肯定可辨别　　B. 王母有法力辨别

　　C. 玉帝有办法辨别　　　　D. 神将皆认得悟空

653. 在天宫,玉帝让托塔李天王拿出照妖镜,结果镜中两个(　　),还是辨不出。

　　A. 孙悟空略有差异　　　　B. 孙悟空影子毫发不差

　　C. 虽有不同却不知真假　　D. 明显不同

654. 沙僧因讨行李,回来把假悟空的事情说了,唐僧听了(　　),不知如何是好。

　　A. 非常恐惧　　B. 毫无反应　　C. 又惊又悔　　D. 呆若木鸡

655. 两个孙悟空边打边来,沙僧叫住手,领着让师父辨认,唐僧

（　　）。

　　A．也辨别不出　　　　　　B．总算辨出真假
　　C．用真心感化假的现形　　D．用法术辨出真假

656．两个孙悟空打嚷到阴山背后阎罗殿，希望查清区别，也没用，因为（　　）。

　　A．两个孙悟空完全重叠　　B．虽有不同却难区别
　　C．与猴相关者全被抹掉了　D．阎王怕假悟空报复

657．其实地藏菩萨的谛听能够辨别真假悟空，但假悟空法力也很广大，最后建议去雷音寺（　　）。

　　A．让金刚去分辨　　　　　B．让如来弟子阿难分辨
　　C．让如来弟子迦叶分辨　　D．让如来分辨

658．两个悟空来到如来处，他人均无法识别，如来立即说出假悟空是（　　）。

　　A．通臂猿猴　　B．六耳猕猴　　C．赤尻马猴　　D．灵明石猴

659．那假悟空听到如来说出自己根源，（　　），跳起来就走。

　　A．胆战心惊　　B．非常愤怒　　C．非常佩服　　D．心慌意乱

660．假悟空闻得如来要擒他，料想难脱，摇身一变，变作（　　）。

　　A．苍蝇　　　　B．蜜蜂　　　　C．蚊子　　　　D．蟠桃

661．假悟空现出六耳猕猴本相，被悟空一棒打死，如来（　　）。

　　A．责骂悟空　　B．惩罚悟空　　C．不忍　　　　D．表扬悟空

662．悟空打死了假悟空后，要求如来帮他（　　）。

　　A．立地成佛　　　　　　　B．褪下金箍
　　C．立刻解脱　　　　　　　D．回花果山去

663．悟空对如来说唐僧决意不要自己做他徒弟了，如来叫（　　）送他去，唐僧不会拒绝。

　　A．玉帝　　　　B．文殊　　　　C．迦叶　　　　D．观音

664．八戒前往花果山，取回行李，并且打死了（　　），原来都是猴精。

　　A．假悟空　　　　　　　　B．假沙僧
　　C．假八戒、假唐僧　　　　D．假观音

二、多项选择题

67. 在平顶山,樵夫询问如何处置妖怪,悟空答:(　　)。
   A. 西方的归佛　　B. 东方的归圣　　C. 北方的解与真武
   D. 南方的解与火得　　E. 天魔解与玉帝

68. 平顶山莲花洞有两个妖怪:(　　)。
   A. 虎力大仙　　B. 狮力大仙　　C. 金角大王
   D. 熊力大仙　　E. 银角大王

69. 银角大王会移山倒海法术,先后压悟空的山为:(　　)。
   A. 须弥山　　B. 五台山　　C. 峨眉山
   D. 华山　　E. 泰山

70. 平顶山妖怪有五件宝物:(　　)。
   A. 紫金红葫芦　　B. 羊脂玉净瓶　　C. 七星剑
   D. 芭蕉扇　　E. 幌金绳

71. 平顶山上悟空用装天的葫芦换了妖怪的(　　)。
   A. 紫金红葫芦　　B. 羊脂玉净瓶　　C. 芭蕉扇
   D. 乾坤袋　　E. 紫金钵

72. 平顶山二魔叫(　　)这两个小妖去收悟空。
   A. 有来有去　　B. 精细鬼　　C. 小钻风
   D. 伶俐虫　　E. 玉面狼

73. 平顶山二魔叫(　　)这两个小妖去请母亲。
   A. 小钻风　　B. 巴山虎　　C. 蜀山熊
   D. 倚海龙　　E. 搅海蛟

74. 悟空因要拜老妖哭了,他只拜过三人:(　　)。
   A. 西天佛祖　　B. 南海观音　　C. 师父唐僧
   D. 上天玉帝　　E. 东海龙王

75. 孙悟三次在莲花洞叫阵先后说出三个名字:(　　)。
   A. 皇帝老爷　　B. 孙行者　　C. 祖师爷
   D. 者行孙　　E. 行者孙

76. 悟空把平顶山二魔化了再去妖洞,口里念:(　　)。

A．周易文王　　　　B．孔子圣人　　　　C．桃花女先生

D．鬼谷子先生　　　E．王母娘娘

77．平顶山妖魔原来是老君属下：（　　）。

A．一个是看金炉的童子

B．一个是看银炉的童子

C．一个是管玉器的童子

D．一个是扇火的童子

E．一个是看牛的童子

78．平顶山妖魔的五个宝贝其实是老君的（　　）。

A．盛丹的葫芦　　　B．盛水的瓶子　　　C．炼魔的宝剑

D．勒袍子的带子　　E．扇火的扇子

79．师徒进了宝林寺，见有四大天王相：（　　）。

A．持国　　　　　　B．多闻　　　　　　C．增长

D．广目　　　　　　E．长耳

80．宝林寺和尚向其僧官描述悟空长相：（　　）。

A．圆眼睛　　　　　B．查耳朵　　　　　C．满面毛

D．雷公嘴　　　　　E．狮子头

81．霸占乌鸡国王位置的妖怪神通广大：（　　）。

A．都城隍常与他会酒

B．海龙王尽与他有亲

C．东岳天齐是他好朋友

D．十代阎罗是他异姓兄弟

E．慈禧是他情人

82．悟空在宝林寺降妖，要师父委屈三桩：（　　）。

A．顶缸　　　　　　B．受气　　　　　　C．遭瘟

D．忍煎　　　　　　E．打人

83．在宝林寺，悟空定计要唐僧拿这三个宝贝：（　　）。

A．紫金钵　　　　　B．立帝货　　　　　C．白玉珪

D．锦襕袈裟　　　　E．猪耳朵

84．乌鸡国太子回答人能有这样四恩：（　　）。

A. 佛祖保佑之恩　　B. 天地盖载之恩　　C. 日月照临之恩
D. 国王水土之恩　　E. 父母养育之恩

85. 宝林寺和尚送(　　)四件国王服饰进殿。
A. 冲天冠　　　　B. 碧玉带　　　　C. 赭黄袍
D. 无忧履　　　　E. 鼻烟壶

86. 乌鸡国王要悟空做国王,悟空说出不做的原因是(　　)。
A. 要留长发　　　B. 黄昏不能睡觉　　C. 五鼓就要起床
D. 听有边报心神不安　　　E. 见有灾荒忧愁无奈

87. 红孩儿摄得唐僧,派(　　)等小妖去请牛魔王。
A. 云里雾　　　　B. 雾里云　　　　C. 急如火
D. 快如风　　　　E. 掀烘兴

88. 悟空与师父讨论佛法,提到六不,其中包括(　　)。
A. 眼不视色　　　B. 耳不听声　　　C. 鼻不嗅香
D. 身不知寒暑　　E. 意不存妄想

89. 西海龙王的妹妹生了九个儿子,其中有(　　)。
A. 小黄龙居淮渎　　B. 小骊龙居济渎　　C. 青背龙居江渎
D. 赤髯龙居河渎　　E. 鼍龙砥太岳

90. 车迟国有(　　)这样三位国师。
A. 熊力大仙　　　B. 虎力大仙　　　C. 鹿力大仙
D. 羊力大仙　　　E. 兔力大仙

91. 悟空对车迟国道士说五百个和尚全是亲:(　　)。
A. 一百个左邻　　B. 一百个右邻　　C. 一百个父党
D. 一百个母党　　E. 一百个交契

92. 车迟国国师闻唐朝和尚来到,历数其罪:(　　)。
A. 杀了两个道士　　B. 放了五百囚僧　　C. 毁坏三清圣像
D. 偷吃御赐供养　　E. 骗大仙喝其尿液

93. 虎力大仙求雨,只需五声号令即下雨:(　　)。
A. 一声令牌:风来　　　　　　B. 二声令牌:云起
C. 三声令牌:雷电齐鸣　　　　D. 四声令牌:雨至
E. 五声令牌:云散雨收

94. 虎力大仙第二令牌打了,(　　)两个布云者到。
   A. 推云童子　　　　B. 布雾郎君　　　　C. 涌云大将
   D. 撒雾天女　　　　E. 排云天使

95. 虎力大仙与唐朝和尚共赌法力:(　　)。
   A. 求雨　　　　　　B. 龙王现身　　　　C. 坐禅
   D. 砍下头又安上　　E. 滚油锅洗澡

96. 鹿力大仙与唐朝和尚赌"隔板猜枚":(　　)。
   A. 猜一套宫衣　　　B. 猜一套旗袍　　　C. 猜一个大仙桃
   D. 猜一个砀山梨　　E. 猜一个道童

97. 车迟国三位国师最后现出原形,分别是(　　)。
   A. 黄毛虎　　　　　B. 白毛角鹿　　　　C. 羚羊
   D. 鲤鱼　　　　　　E. 白兔

98. 某晚,悟空与唐僧说与僧不同的家人生活:(　　)。
   A. 温床暖被　　　　B. 披星戴月　　　　C. 怀中抱子
   D. 餐风宿水　　　　E. 脚后蹬妻

99. 陈家庄要贡献给妖怪的两个孩子是(　　)。
   A. 玉面公主　　　　B. 一秤金　　　　　C. 陈关保
   D. 陈光蕊　　　　　E. 陈江流

100. 通天河边陈家庄老陈家兄弟分别是(　　)。
   A. 陈勇　　　　　　B. 陈澄　　　　　　C. 陈清
   D. 陈云　　　　　　E. 陈逸

101. 八戒在妖洞里拿了三件纳锦背心,(　　)穿了。
   A. 悟空　　　　　　B. 沙僧　　　　　　C. 唐僧
   D. 八戒　　　　　　E. 红孩儿

102. 在金𫖯山,悟空化斋回来不见师父,见老少两人:(　　)。
   A. 一个是土地爷　　B. 一个山神　　　　C. 一个是河神
   D. 一个是老君　　　E. 一个是看炉童仆

103. 悟空棒被独角兕套去,来灵霄殿看到(　　)四天师。
   A. 张道陵　　　　　B. 葛仙翁　　　　　C. 许旌阳
   D. 邱弘济　　　　　E. 东方朔

104. 据报独角兕来自天上,玉帝查了(　　)各部门。
A. 四天门　　　　B. 三微垣　　　　C. 雷霆官将
D. 三十三天　　　E. 二十八宿

105. 为了战胜独角兕,悟空先请了(　　)这些天将。
A. 哪吒　　　　　B. 雷公　　　　　C. 李天王
D. 天蓬元帅　　　E. 太白金星

106. 独角兕妖厉害,悟空又请了(　　)帮助。
A. 火德星君　　　B. 水德星君　　　C. 十八罗汉
D. 太上老君　　　E. 观音菩萨

107. 武器被独角兕套去,悟空变化(　　)进妖洞偷回。
A. 麻苍蝇　　　　B. 促织　　　　　C. 螃蟹
D. 虾米　　　　　E. 蟭蟟虫

108. 师徒四人过了子母河,(　　)两个人喝了河水。
A. 八戒　　　　　B. 悟空　　　　　C. 唐僧
D. 沙僧　　　　　E. 船婆

109. 落胎泉在一个山洞中,那洞叫(　　)。
A. 摩云洞　　　　B. 破儿洞　　　　C. 芭蕉洞
D. 聚仙庵　　　　E. 无底洞

110. 取落胎泉是(　　)这两个人一起去才成功的。
A. 唐僧　　　　　B. 孙悟空　　　　C. 猪八戒
D. 沙和尚　　　　E. 哪吒

111. 唐僧三个徒弟的籍贯分别是(　　)。
A. 东胜神洲傲来国　B. 安南　　　　C. 西牛贺洲乌斯庄
D. 月氏　　　　　E. 流沙河

112. 西梁女国王给唐僧三徒弟送的礼有(　　)。
A. 王冠一顶　　　B. 碎金碎银一盘　C. 绫锦十匹
D. 御米三升　　　E. 皮靴一双

113. 进了琵琶洞,悟空知师父中毒了,因为(　　)。
A. 师父面黄唇白　B. 师父眼红泪滴　C. 师父行动迟缓
D. 师父老是咳嗽　E. 师父走路摇晃

114. 悟空杀了老杨的儿子被唐僧赶走,他想:(　　)。

　　A. 回花果山会被小猴笑话

　　B. 欲投天宫恐不被收留

　　C. 要投海岛羞见诸仙

　　D. 投奔龙宫也是不妥

　　E. 还是去见师父

115. 真假两悟空经(　　)辨认,难定真假。

　　A. 南海观音　　　B. 南天门众神　　　C. 灵霄殿玉帝

　　D. 唐僧　　　　　E. 地府森罗殿

116. 如来说,周天之内有五仙:(　　)。

　　A. 天　　　　　　B. 地　　　　　　　C. 神

　　D. 人　　　　　　E. 鬼

117. 如来说,周天之内有五虫:(　　)。

　　A. 蠃　　　　　　B. 鳞　　　　　　　C. 毛

　　D. 羽　　　　　　E. 昆

118. 如来说,有四猴混世:(　　)。

　　A. 灵明石猴　　　B. 赤尻马猴　　　　C. 通臂猿猴

　　D. 六耳猕猴　　　E. 短尾金丝猴

119. 八戒去花果山取包裹,打死了(　　)。

　　A. 假沙僧　　　　B. 假八戒　　　　　C. 假悟空

　　D. 假唐僧　　　　E. 假菩萨

三、判断题

84. 平顶山莲花洞的两个妖魔专门等在那里要吃唐僧肉。(　　)

85. 遇到妖怪,孙悟空一般都能认出来,因为他有火眼金睛;唐僧都看不出来,因为他是凡人肉胎;八戒与沙僧有时能够看出来,有时不能。(　　)

86. 平顶山二魔化作个折了腿的道人,唐僧见了就要救,先分别叫他骑马、让八戒或者沙僧驮他,他都不乐意;最后悟空主动要驮才了事。(　　)

87. 银角大王道行也很高,在悟空背上使了"移山倒海"法术,先后将须弥山、峨眉山、泰山移来压住悟空,且确实把悟空压住了。( )

88. 平顶山两个小妖奉命来拿悟空,悟空化作老道人在路上绊他们一跤,说这是小道见老道的见面礼,小妖觉得稀奇,悟空借此说来自茅山。( )

89. 悟空假扮的老道人已经从平顶山小妖手中拿到了宝贝,但是他还是另设巧计拿走宝物,这是因为悟空不屑偷鸡摸狗的行径,坏了自己名声。( )

90. 精细鬼和伶俐虫两个拿着宝贝去拿孙悟空,非但没有完成任务,连宝贝也丢了,他们回去报告后,二魔大发脾气,就把他们杀了。( )

91. 平顶山的两个妖魔因抓到了唐僧想要孝敬母亲,而前面已经发现小妖被悟空欺骗的事情,就派精细鬼和伶俐虫两个能干的小妖去接母亲。( )

92. 莲花洞里的大老妖看到孙悟空的手段有些害怕了,打算把唐僧等放了,闭了是非之门;可是二魔不肯,且认为自己能够胜过悟空。( )

93. 孙悟空三次到平顶山莲花洞前叫阵,三次被捉,其三次用的名字就把"孙行者"三字颠来倒去用,也很有趣。( )

94. 莲花洞二魔被悟空收入瓶子,大魔与悟空斗了半天也被打死,就此总算把莲花洞妖魔除尽,救出唐僧等。( )

95. 悟空师兄弟扫除了平顶山妖怪后就上路了,没想到路旁闪出一个瞽者,向他们讨要宝贝,原来此人是太白金星,这几个妖怪是其下属。( )

96. 孙悟空听到平顶山妖怪是太上老君的童子,而武器又是老君的炼丹工具,就要上天告状,没想到唐僧的这次灾难完全是观音安排的。( )

97. 唐僧进入宝林寺却吃了闭门羹,而后来孙悟空给了僧官颜色看,使得他们不得不按照悟空要求接纳师徒留宿。( )

98. 八戒来到乌鸡国御花园井底寻找宝物,井龙王带他去看一具尸

体,说这就是宝物,八戒一听就回到御花园,与悟空算账去了。(　)

99. 驮了国王尸体回宝林寺,八戒因悟空骗他而恼怒,决计要捉弄悟空,就对师父说悟空有能力救活死了三年的国王,而且可以在阳间医活。(　)

100. 悟空要八戒在乌鸡国国王尸体旁哭,且说出几种不同的哭:干着口喊叫嚎,又喊又有泪叫啕,有泪且伤心的叫嚎啕痛哭,八戒就是需要这样。(　)

101. 乌鸡国国王尸体灌了颗九转还魂丹后,还没有活过来,唐僧以为需要吹清气,悟空就对着其口吹了,这似乎是今天的做人工呼吸。(　)

102. 悟空要剿灭乌鸡国内的妖怪,带真的国王去需要改装,八戒就把担子分了一小半给国王挑,自己挑着重的。(　)

103. 在乌鸡国,师兄弟三人共战妖道,悟空正要痛下杀手,一举灭了妖怪,不料文殊菩萨现身叫悟空放过妖怪,因为此妖是如来坐骑变的。(　)

104. 乌鸡国的妖道被除掉后,悟空他们叫已经死了三年的老国王复位,国王真诚地恳请唐僧师徒中出一人做国王,自己愿意做个平民。(　)

105. 圣婴大王几次出现,几次隐蔽,悟空几次把师父藏起来,有几次叫他起来快走,弄得唐僧大怒,要念《紧箍咒》,幸亏八戒苦劝才罢。(　)

106. 明明是一个妖怪被绑在树上叫救人,唐僧一味要行善,悟空怕师父念《紧箍咒》不敢再打妖怪,沙僧看出来也不敢说。(　)

107. 红孩儿从树上被放下来,唐僧让马给他骑他说骑不了,唐僧要自己驮他,悟空反对,最后由悟空驮了那个妖怪。(　)

108. 钻头号山上的土地爷和山神特多,也特穷,因为那里每十里就有一个山神和土地爷,而近年来被妖怪折腾得衣衫不完,血食全无。(　)

109. 得知妖怪红孩儿是牛魔王的儿子,悟空就放心了,因为论辈分自己还是他叔叔,量妖怪不会连这一点亲情都没有,可见以己度人的危

害。（ ）

110. 听悟空说红孩儿与他有亲,沙僧还是有些不放心,而八戒非常高兴,他想至少一顿饱餐已经着落了。（ ）

111. 孙悟空来到火云洞,与红孩儿论起与牛魔王的兄弟关系,要小儿送回唐僧,别坏了亲情,那妖怪半信半疑,想了一会决计不信为妥。（ ）

112. 为了对付红孩儿的火,悟空请来了四海龙王下雨,但是大雨虽然压制了火势却灭不了火,最后悟空的眼睛也被熏坏了,只好逃走。（ ）

113. 孙悟空被红孩儿火气攻心差点毙命,八戒流泪痛哭,沙僧给他按摩运气,算是转过气来了。（ ）

114. 猪八戒去南海请观音降服红孩儿,悟空与沙僧坐着休息,看见一阵腥风刮面而过,悟空打了喷嚏,感觉不对,猜想八戒可能出差池了。（ ）

115. 红孩儿的手下也有些奇怪的兵将,如六健将：云里雾、雾里云、急如火、快如风、掀烘肉、肉烘掀等。（ ）

116. 悟空假扮牛魔王进入火云洞,与红孩儿一番对话使得妖怪生疑,最重要的疑点是悟空说牛魔王与孙悟空的交情特别厚,不能吃唐僧肉。（ ）

117. 孙悟空本来腰疼,但是假扮牛魔王后从火云洞回到沙僧所在就哈哈大笑,且说腰不疼了,因为"人逢喜事精神爽",精神作用不小。（ ）

118. 悟空论"无眼耳鼻舌身意",说眼不视色,耳不听声,鼻不嗅香,舌不尝味,身不知寒暑,意不存妄想,这就是佛教中的"六根清净"。（ ）

119. 黑水河神的府邸被妖怪占据了,因为害怕妖怪害他性命,所以不敢把此事上报玉帝,让天庭来解决这个妖怪。（ ）

120. 黑水河里的妖怪,其父原来是被魏征梦里斩掉的泾河龙王。（ ）

121. 黑水河妖怪被西海龙王太子擒住后,八戒要打死他,被悟空制

止了,悟空看在西海龙王父子之情上,认为此事交由他们处理为妥。( )

122. 车迟国三位道长国师确实是法力超强,能够指水为油,点石成金,呼风唤雨,夺天地之造化,召如来在须臾,换星斗之玄微。( )

123. 车迟国崇道抑释起因是某年国家急需下雨,道士与和尚比赛求雨,道士胜了,自此和尚地位一落千丈。( )

124. 有个大殿门前挂着这样一副对联:"雨顺风调愿祝天尊无量法;河清海晏祈求万岁有余年。"显然这是佛教的建筑。( )

125. 从车迟国三清殿回来,悟空先叫醒沙僧,再叫醒八戒,三人一起去三清殿享受道士的供奉。( )

126. 车迟国三清殿里众道士听到三清塑像居然讲话,个个欢欣鼓舞,以为活天尊临凡,虔诚念诵《冲虚真经》,声震寰宇。( )

127. 孙悟空听到几个妖怪喝了尿液已经有所发觉,干脆就大叫一阵,留下大唐西行僧众名号,特别是自己齐天大圣的大名,让其明了。( )

128. 车迟国的三个道士确实有些道行,发了文书,烧了文檄,会惊动玉帝且下旨意,因此求雨必应。( )

129. 在车迟国,轮到唐僧求雨,他上台后人们奇怪怎么不打令牌不烧符檄,悟空回答说他们用的是静功,其实唐僧只是在念诵《多心经》。( )

130. 虎力大仙要与唐朝和尚比赛坐禅,悟空就认输了,没想到三藏说这是他的长处,在生死关头能坐两三个年头。( )

131. 在车迟国赌"隔板猜枚",东西是王后、国王亲自放的,可是打开已经全变了,国王认为唐朝和尚有鬼神相助,道士认为是悟空弄巧。( )

132. 佛教中有三宝,就是佛、法、僧。( )

133. 孙悟空与虎力大仙赌砍头又安上,悟空先去,头被砍下后不出血,肚子叫"头来",可是被鹿力大仙叫土地神扯住了,不能安上。( )

134. 羊力大仙要与悟空赌油锅洗澡,悟空进去后不久就不见了,大家以为融化了,把八戒捆起来,唐僧前去烧纸念经,八戒大骂悟

空。（　）

135．车迟国国王见三个妖道一一现形,放声大哭:"圆明混,怎涅槃? 徒用心机命不安。早觉这般轻折挫,何如秘食稳居山!"倒是参透人生。（　）

136．孙悟空离开车迟国时对国王说:"望你把三教归一:也敬僧也敬道,也培育人才。我保你江山永固。"这似乎表现作者三教兼容的思想。（　）

137．悟空答师父问:"在家人这时候温床暖被,怀中抱子脚后蹬妻,自由自在睡觉;出家人便是要戴月披星,餐风宿水,有路便行,无路方住。"这是古代高僧参禅正路,觉悟常途。（　）

138．通天河边老陈家,唐僧骂顽劣徒儿:"不教而善,非圣而何! 教而后善,非贤而何! 教亦不善,非愚而何!"说出了人的三种不同境界。（　）

139．在老陈家吃斋,服侍的童仆说八戒"磨砖砌的喉咙,着实又光又溜!"这是夸赞八戒吃饭有滋有味。（　）

140．老陈家的好不容易生了个女儿,经常布施,已经有五十斤黄金,正好等于当地人一秤分量,所以给孩子起名为"一秤金"。（　）

141．在陈家庄,为了除妖,悟空代替了一秤金,八戒代替陈关保,准备在庙里擒妖除害。（　）

142．在通天河灵感庙里,妖怪如往年来吃童男童女,只是感觉今年苗头不对,就改变常例先吃童男,悟空抹一把脸现出本相,与妖怪搏斗。（　）

143．通天河妖怪将河冻得透彻,大雪漫天,大家感到奇怪却不知所以,老陈全家也不理解这现象,只是高兴解决了送唐僧他们过河的问题。（　）

144．冰面上有人行走,陈老说这是生意人,这边百钱之物到那边可值万钱;反过来也一样。这是物离乡贵之理,也是买卖的诀窍所在。（　）

145．唐三藏的马在冰面上差点跌倒,八戒说要些稻草来用,悟空不解,八戒解释用稻草包着马蹄才不滑。（　）

146. 唐僧掉落水中，悟空半空中看见，就问八戒师父何在，八戒说师父叫“陈到底”了，这是用谐音表示唐僧落水(陈与沉同音)了。(　)

147. 师兄弟要下通天河查看师父，悟空不善水中行走，就叫八戒驮，八戒很高兴，因为这下可以捉弄悟空，以报平时被他捉弄之仇。(　)

148. 通天河妖怪自报家门时说：“原来不比凡间物，出处还从仙苑名。绿房紫菂瑶池老，素质清香碧沼生。”这已经透露其来自上天仙境。(　)

149. 在金峨山唐僧又冷又饿，八戒自作主张地在妖府拿了三件纳锦背心穿上了，其实这是妖怪捉人工具，作者也借此警告世人欲望的可怕。(　)

150. 金峨山的独角兕大王，悟空与他斗了多次未能取胜，求人也无助，其实主要是不明其来源，最后还是玉帝查明了出处才有了对付办法。(　)

151. 独角兕大王的圈子特别厉害，这是百分之一百的黄金铸造而成的，颜色黄澄澄的，煞是吓人。(　)

152. 孙悟空与独角兕妖怪一场猛拳搏斗很是精彩，天将们夸赞不休，悟空说“魔王好治，只是圈子难降”，说出了战斗中先进武器的重要性。(　)

153. 为取得与独角兕战斗的胜利，孙悟空根据战况不断求助不同外力，寻求妖怪来历和制服方法，这体现了他取胜的主观要素：坚韧和思考。(　)

154. 孙悟空问如来那个独角兕的来历，如来其实已经看出，却不肯直接告诉孙悟空，怕传出去连累自己。(　)

155. 那青牛离开老君处已经七日，说明妖怪在人间已经七千天了，这就是天上一日地上千日的道理。(　)

156. 与独角兕一战后，唐僧说早知不出圈痕就不会有这次杀身之灾，悟空批评八戒孽嘴孽舌弄得师父一场大难。这概括了路上危害原因之一。(　)

157. 师徒来到子母河，叫来渡船，却是个女的，给渡费也不计较，悟

空问艄公去哪里了,那女船主微笑不答,其实答案不好意思对和尚说。( )

158. 悟空与破儿洞的妖怪徒弟一个要花红、酒礼,一个说人情大似圣旨,其实是两个人的价值观念完全不同,一个重物质,一个重人情。( )

159. 破儿洞的妖怪听说孙悟空要来取泉水,怒从心上起,恶向胆边生,原来这妖怪是悟空大闹天宫时因被判失职而贬来此处的。( )

160. 把持破儿洞落胎泉的妖怪是圣婴大王的兄弟,因为孙悟空的缘故红孩儿被观音收服,不得做自由自在的妖怪,所以对老孙恨之入骨。( )

161. 师徒四人来到西梁女国大街上,街上人一齐鼓掌欢呼,整容欢笑。其中一则因极其难得见到异性而情不自禁,一则体现爱美的女性特征。( )

162. 在西梁女国,唐僧不愿留下做国王,想去西天取经,八戒倒是乐意招赘留下,只是过于丑陋,她们不要。( )

163. 唐僧与西梁女国的女王正在欢宴,三兄弟也在享受美宴,一阵风把唐僧卷走,进入妖洞,大家大惊失色。( )

164. 悟空与八戒找到毒敌山琵琶洞与妖怪斗了多时,妖怪突然在悟空头上扎了一下,行者忍耐不住,败阵而走,八戒倒是全身而退。( )

165. 琵琶洞的妖怪原来是个蝎子精,如来也曾遭其毒手,观音也近他不得,只有昴日星官才能降服他。( )

166. 蝎子精被昴日星官降服了,八戒狠狠筑了几钯,捣成烂酱;然后二人进了妖洞,把所有小妖一一歼灭。( )

167. 大家在路上行走,眼看天色已晚,八戒叫马快走,马却不加理睬,孙悟空一说,那马立刻飞奔起来,那马也怕孙悟空的金箍棒。( )

168. 唐僧走在前面,突然遇到三十多个强盗,唐僧眼看他们要打,只得撒谎说我身上没钱,钱在后面的小徒弟那里,才免了一顿毒打。( )

169. 师徒来到老杨家,老杨看到兄弟三个就叫起来:夜叉、马面、雷

公!这老杨的儿子也是个强盗。( )

170. 唐僧关照悟空手下留情,吓退强盗就行,没想到悟空杀了几个强盗,还把老杨的儿子首级割了,唐僧念着紧箍咒,决计不要他做徒弟了。( )

171. 沙僧赶到花果山果然看到一个美猴王,还看到另一个沙和尚,他立马把他打死,原来是个猴精;猴王也不来追他,把妖尸煎炒了吃。( )

172. 真假两个孙悟空来到观音处别真假,观音用他秘密武器紧箍咒也无法辨出,看来所有武器都有使用极限。( )

173. 两个悟空来到天上,玉帝叫李天王拿出"照妖镜"来照,结果也没照出,金箍、衣服,毫发不差,世界上真有惊人相似的两个!( )

174. 两个悟空来到地府,阎王辨别不出,连地藏的灵兽谛听也分辨不出,但是它知道佛祖如来可以辨出真假。( )

175. 如来辨出了真假悟空,真悟空要求如来褪下他头上的金箍,让他还俗去,可是如来不肯,叫观音送悟空去找唐僧。( )

一、单项选择题

366. D	367. B	368. C	369. D	370. A	371. B	372. C	373. D
374. A	375. C	376. B	377. D	378. A	379. C	380. B	381. D
382. B	383. C	384. A	385. B	386. D	387. C	388. A	389. D
390.	391. C	392.	393. A	394.	395.	396.	397.
398. B	399. A	400. C	401. B	402. C	403. A	404. D	405. C
406.	407.	408.	409.	410.	411.	412.	413.
414. A	415. B	416. C	417. A	418. D	419. B	420. A	421. C
422. D	423.	424. C	425.	426.	427.	428.	429.
430. C	431.	432.	433.	434. D	435.	436.	437. C
438.	439. D	440.	441.	442.	443.	444.	445.
446. A	447. D	448.	449. B	450. A	451. C	452. D	453. A
454.	455. C	456.	457. D	458. C	459. B	460. A	461. C

462. D 463. B 464. A 465. D 466. C 467. A 468. B 469. D
470. C 471. A 472. D 473. B 474. C 475. A 476. B 477. D
478. C 479. A 480. D 481. B 482. A 483. C 484. B 485. D
486. A 487. B 488. D 489. C 490. B 491. A 492. D 493. B
494. A 495. C 496. D 497. B 498. A 499. D 500. C 501. B
502. D 503. A 504. C 505. B 506. D 507. A 508. D 509. B
510. C 511. A 512. C 513. B 514. D 515. C 516. A 517. B
518. D 519. A 520. C 521. B 522. D 523. A 524. C 525. B
526. A 527. D 528. C 529. A 530. D 531. B 532. C 533. A
534. B 535. D 536. C 537. B 538. A 539. C 540. D 541. B
542. C 543. A 544. D 545. B 546. A 547. C 548. B 549. A
550. D 551. C 552. A 553. B 554. D 555. A 556. C 557. B
558. D 559. C 560. A 561. D 562. B 563. C 564. A 565. B
566. D 567. C 568. A 569. D 570. B 571. C 572. B 573. A
574. D 575. A 576. C 577. B 578. D 579. C 580. A 581. D
582. B 583. C 584. B 585. A 586. D 587. C 588. B 589. A
590. C 591. A 592. D 593. B 594. C 595. A 596. D 597. B
598. A 599. C 600. B 601. D 602. C 603. A 604. B 605. D
606. A 607. C 608. B 609. D 610. A 611. C 612. D 613. B
614. A 615. D 616. D 617. C 618. B 619. A 620. C 621. B
622. D 623. A 624. B 625. C 626. A 627. D 628. B 629. A
630. C 631. B 632. D 633. A 634. B 635. C 636. A 637. D
638. B 639. A 640. C 641. B 642. D 643. A 644. D 645. B
646. C 647. A 648. B 649. D 650. C 651. A 652. D 653. B
654. C 655. A 656. C 657. D 658. B 659. A 660. B 661. C
662. B 663. D 664. C

二、多项选择题
67. ABCDE 68. CE 69. ACE 70. ABCDE 71. AB
72. BD 73. BD 74. ABC 75. BDE 76. ABCD
77. AB 78. ABCDE 79. ABCD 80. ABCD 81. ABCD

82. ABC	83. BCD	84. BCDE	85. ABCD	86. ABCDE		
87. ABCDE	88. ABCDE	89. ABCDE	90. BCD	91. ABCDE		
92. ABCDE	93. ABCDE	94. AB	95. ABCD	96. ACE		
97. ABC	98. ACE	99. BC	100. BC	101. BD		
102. AB	103. ABCD	104. ABCDE	105. ABC	106. ABCD		
107. AB	108. AC	109. BD	110. BD	111. ACE		
112. BCD	113. AB	114. ABCDE	115. ABCDE	116. ABCDE		
117. ABCDE	118. ABCD	119. BD				

三、判断题

84. 对	85. 错	86. 错	87. 对	88. 错	89. 对	90. 错
91. 错	92. 对	93. 对	94. 错	95. 错	96. 对	97. 对
98. 错	99. 对	100. 对	101. 对	102. 错	103. 错	104. 对
105. 错	106. 错	107. 错	108. 对	109. 对	110. 错	111. 错
112. 错	113. 错	114. 对	115. 错	116. 错	117. 对	118. 对
119. 错	120. 对	121. 对	122. 错	123. 对	124. 错	125. 错
126. 错	127. 错	128. 对	129. 对	130. 对	131. 错	132. 对
133. 对	134. 对	135. 对	136. 对	137. 对	138. 对	139. 错
140. 错	141. 错	142. 错	143. 错	144. 对	145. 对	146. 对
147. 对	148. 错	149. 错	150. 错	151. 错	152. 错	153. 对
154. 对	155. 错	156. 对	157. 对	158. 对	159. 错	160. 错
161. 对	162. 对	163. 错	164. 对	165. 对	166. 错	167. 错
168. 对	169. 对	170. 对	171. 对	172. 对	173. 对	174. 错
175. 对						

六、除妖修禅双进益,师徒进入天竺郊

(第五十九—第八十六回)

内容简介

　　这部分共28回,可分为以下几个段落:1. 过火焰山(3回);2. 祭赛国夺回宝贝(2回);3. 木仙庵除树精(1回);4. 假雷音寺降黄眉儿(2回);5. 七绝山除蟒(1回);6. 朱紫国降服观音坐骑(4回);7. 黄花观众人除八道徒(2回);8. 狮驼岭降服金翅雕(4回);9. 比丘国寿星收白鹿(2回);10. 陷空山捉住白毛鼠(4回);11. 灭法国改为钦法国(3回)。木仙庵一节,当有作者诗学在;小雷音寺(与观音院类)也有假,颇有细思之价值;降服黄眉儿一节,涉及许多道教和佛教的宗教常识;朱紫国悟空诊脉一节,确实道出中医治病的方法;第七十一回悟空帮朱紫国王后设计时所言"断送一生惟有酒""破除万事无过酒",将酒功用的两面性说得透彻;比丘国王向寿星请教长寿之方,寿星拿出三个红枣,这传授了养生之道,镇海寺内众僧人对女妖的态度以及结局,在古代小说有许多类似描述,其意蕴可思;无底洞女妖借李天王之力,妖与道的关系与现实中黑白和政商勾结似有类似性质;出了钦法国,悟空说"佛在灵山莫远求,灵山只在汝心头。人人有个灵山塔,好向灵山塔下修",这几句透彻地阐述了佛教禅理。这个过程已近天竺,师徒四人对佛教义理的领悟逐渐深入,可为一个重要看点。

　　此段中艺术手法亦多有可观之处。1. 照应之法。火焰山铁扇公主不肯借扇子给悟空,就是照应红孩儿之事;毗蓝婆除蜈蚣精照应昴日星官情节;第七十五回悟空被装入大瓶,幸亏有保命毛变出金刚钻,这是照应前面观音赠送三根毛的情节。狮驼岭老魔吞下悟空,照应前面孙悟空钻入铁扇公主肚中的情节。2. 伏笔之法。碧波潭妖怪请牛魔王情节,为下文剿灭九头虫伏笔。3. 渲染之法。狮驼岭妖怪出现前,太白金星专程警醒,一路上小妖言语,都预示妖怪神通特广大;将至灭法国,老母携小孩叫唐僧转道,暗示前面的妖孽厉害。4. 连环之法。盘丝洞七妖与蜈蚣精因师兄妹相勾连。5. 构想奇特。木仙庵松、竹、柏、枫四树成怪本已奇,作者还设计几位与唐僧对诗,更是奇中奇;连环洞妖怪用柳树根做成唐僧人头,骗其徒弟,实属稀奇。

自我检测

一、单项选择题

665. 师徒来到一户人家询问特别炎热之故,老者说此地叫( ),无春无秋,四季皆热。

　　A. 火山口　　B. 地热处　　C. 火焰山　　D. 富士山

666. 孙悟空从一个卖糕人那里得知有个( )有柄芭蕉扇,可以扇熄火焰。

　　A. 芭蕉仙　　B. 铁扇仙　　C. 七仙女　　D. 冰山公主

667. 悟空来到翠云山,遇到樵夫才知叫铁扇公主,又名( ),乃牛魔王妻子。

　　A. 天女　　B. 昆仑女　　C. 梅超风　　D. 罗刹女

668. 听到铁扇公主是牛魔王妻子,悟空( ),想起解阳山要落胎泉水事情,知道麻烦了。

　　A. 大惊失色　　B. 非常愤怒　　C. 非常后悔　　D. 很是恐慌

669. 罗刹女听见"孙悟空"三字,顿时如( ),取了披挂,出来作战。

　　A. 微波荡漾,涟漪绵绵　　B. 冬日暖暖,撩人心扉
　　C. 撮盐入火,火上浇油　　D. 斩钉截铁

670. 铁扇公主先要悟空伸过头来,( ),受得了疼痛就借扇子给他。

　　A. 捶上几十锤子　　B. 让她砍上几剑
　　C. 钉上几颗铁钉　　D. 风钻钻上几次

671. 实在斗不过悟空,铁扇公主取出扇子,晃一晃一阵(　　),把悟空扇得无影无踪。

A. 阴风　　B. 阳风　　C. 罡风　　D. 沙尘暴

672. 悟空被罗刹女一扇,飘荡到了小须弥山,记得此处有个(　　)曾帮自己战胜黄风怪。

A. 天童菩萨　B. 地藏菩萨　C. 文殊菩萨　D. 灵吉菩萨

673. 灵吉菩萨听了悟空来小须弥山的缘由,告诉悟空不要紧,他有(　　),铁扇公主再扇不动你。

A. 一粒地黄丸　B. 一粒定风丹　C. 一粒人参丸　D. 一粒金刚丹

674. 罗刹女与悟空斗了一阵,口渴难忍,一气喝了一碗茶,没想到(　　)躲在茶沫中。

A. 悟空变作大蜈蚣　　　　B. 悟空变作鳄鱼
C. 悟空变作蟭蟟虫　　　　D. 悟空变作蜜蜂

675. 铁扇公主腹痛难忍,只能借扇子给悟空,悟空拿了扇子去扇,越扇火越旺,(　　)。

A. 原来这扇是假的　　　　B. 原来没有掌握要领
C. 原来不会咒语　　　　　D. 原来扇反了

676. 师徒四个被大火热得无法,当地土地神前来告诉悟空,欲借真扇子,只能找(　　)。

A. 红孩儿　　B. 牛魔王　　C. 圣婴大王　　D. 降龙伏虎两将

677. 土地说火焰山的火不是牛魔王放的,而是悟空放的,这是他蹬倒丹炉,(　　)的余火。

A. 撒下一炉丹砂　　　　　B. 掉下几粒金丹
C. 溅出几个火苗　　　　　D. 落下几块砖

678. 火焰山土地希望悟空扇灭此火,也是为自己着想,因为这样他可以(　　),回老君处。

A. 无事一身轻　B. 先周游世界　C. 赦免归天　D. 先好好休息

679. 从火焰山土地那里得知,现在牛魔王不在翠云山,而是在(　　),玉面公主那里。

A. 须弥山盘丝洞　　　　　B. 积雷山摩云洞

C. 鹰愁涧芭蕉洞　　　　　　D. 大雪山玉璧洞

680. 悟空来到一山,恰好遇见一位女子,不敢说真名,说芭蕉洞来请牛魔王的,那人(　　)。

A. 心中大怒,彻耳根通红　　B. 答应进去通报
C. 叫他外面稍候　　　　　D. 请他进去喝茶

681. 玉面公主被悟空吓了一跳,径入书房,原来牛魔王正在静玩(　　)。

A. 茶壶　　B. 古玩　　C. 佛珠　　D. 丹书

682. 牛魔王从摩云洞出来,悟空看到他的样子与五百年前(　　)。

A. 基本相同　B. 大不相同　C. 稍见老相　D. 完全一样

683. 牛魔王听到悟空曾去借扇,肯定欺负过妻子,不肯罢休,他认为(　　)。

A. 朋友妻,不可欺　　　　B. 欺负自己妻子不能忍
C. 这太伤自己面子　　　　D. 这显得自己无能

684. 牛魔王与悟空斗了百十回合,不分胜负,直到(　　),牛魔王才不得不离开。

A. 听到爱妾生子　　　　　B. 听到妻子病危
C. 有人请他赴宴　　　　　D. 红孩儿放假看他

685. 悟空正与牛魔王战斗,(　　)的龙王请牛魔王赴宴,双方只得暂停。

A. 子母河　　　　　　　　B. 乱石山碧波潭
C. 鹰愁涧　　　　　　　　D. 西海

686. 要在水中行走,牛魔王有个特别的坐骑叫作(　　),真是水陆两用。

A. 避水骆驼　B. 金水牛　C. 老黄牛　D. 金睛兽

687. 悟空变作一个大蟹进入碧波潭,一直走到厅上,被(　　)看出端倪。

A. 老龙　　B. 牛魔王　　C. 老龙宰相　　D. 老龙婆

688. 看到牛魔王在此饮酒,悟空考虑(　　),不如偷了他的坐骑,变作他的样子去借扇。

A. 与女子打交道靠假 　　　　B. 假的比真的更管用
C. 只有说假话能成功 　　　　D. 等不及且不肯借

689. 听到"牛魔王"来了，罗刹女（　　），出门迎接，好不欢喜。

A. 不顾蓬头垢脸 　　　　　　B. 仔细打扮，重施粉黛
C. 忙整云鬟，急移莲步 　　　D. 重新做了发型

690. 悟空假扮牛魔王之所以能够骗取真扇子，这与罗刹女（　　）很有关系。

A. 生性豪放，没有心机 　　　B. 酒陶真性，色情微动
C. 脑子进水，智商低下 　　　D. 一喝酒就犯迷糊

691. 真扇子到手，悟空立显真相，那罗刹女想起刚才温存，（　　），只得让悟空拿走扇子。

A. 羞愧无比 　　　　　　　　B. 仍然沉浸在情中
C. 顿时昏死过去 　　　　　　D. 惊慌失措

692. 牛魔王散了宴席出门，发现金睛兽不见，又无人见到小偷，最后（　　）明白了原委。

A. 老龙　　B. 龙子　　C. 牛魔王　　D. 龙孙

693. 明白了真相，牛魔王跳出潭底，直奔（　　）而来。

A. 积雷山摩云洞 　　　　　　B. 翠云山芭蕉洞
C. 玉面公主住处 　　　　　　D. 唐僧师徒呆的地方

694. 牛魔王来到芭蕉洞，知道扇子已被悟空拿走，他大叫"拿兵器来！"女童道（　　）。

A. 早预备好了 　　　　　　　B. 就在这里
C. 哪个兵器 　　　　　　　　D. 爷爷，兵器不在这里

695. 牛魔王赶上孙悟空，知直接索取悟空定然不肯，他（　　），果然反骗回芭蕉扇。

A. 变作猪八戒模样 　　　　　B. 变作沙和尚模样
C. 变作唐三藏模样 　　　　　D. 变作土地爷模样

696. 孙悟空如此精明，竟然会辨不出假的猪八戒，其因如古人所说（　　）。

A. "一物降一物" 　　　　　　B. "得胜的猫儿欢似虎"

C."东边不亮西边亮" D."道高一尺,魔高一丈"

697．唐僧等待悟空久了,不放心,听土地说牛魔王(　　),就叫八戒去帮忙。

A．比悟空还厉害 B．比悟空略差一个等级
C．正是悟空敌手 D．比悟空差远了

698．猪八戒听师父说要他去接悟空,他觉得天晚了不认得路,最后(　　)。

A．边走边叫唤着找去了 B．跌跌撞撞地去了
C．第二天早上去了 D．土地带他去了

699．听到牛魔王竟然变作自己模样骗回扇子,八戒(　　)。

A．觉得有趣 B．闻言大怒 C．哈哈大笑 D．羞愧无比

700．八戒与悟空以及阴兵大战牛魔王,渐见胜利,(　　),措手不及,老牛得胜。

A．玉面公主突然相助 B．罗刹女突然相助
C．红孩儿突然相助 D．八戒突然失手

701．听悟空讲述扇子骗过来又被骗过去,八戒用俗语"大海里翻了豆腐船,(　　)"形容。

A．原点出发回到原点 B．万事循环往复
C．哪里来,哪里去 D．汤里来,水里去

702．牛魔王被悟空兄弟加上土地夹击,又进不得洞,慌忙间变作一只(　　),飞走了。

A．野鸡 B．老鹰 C．天鹅 D．秃鹫

703．悟空与牛魔王在半空赌变化,谁也没赢,牛王嘻嘻一笑,现出原身——(　　)。

A．一只青牛 B．一只大白牛 C．一只白额虎 D．一只黄牛

704．大家正在翠云山围攻牛王,八戒解决了摩云洞的事回来,说那玉面公主本是(　　)。

A．北极熊 B．黄毛丫头 C．玉面鱼精 D．玉面狸精

705．牛魔王在悟空以及天兵佛将围攻下,无处逃生,最后被(　　)征服了。

A．哪吒　　　B．金刚　　　C．老子　　　D．如来

706．牛魔王在万般无奈之际，只得叫"莫伤我命！（　　）也！"

　　A．情愿做玉帝下属　　　　B．情愿归顺道家

　　C．情愿归顺佛家　　　　　D．情愿做唐僧徒弟

707．孙悟空拿着扇子接连扇了三扇，直扇到（　　），彻底解除灾难。

　　A．艳阳高照　　　　　　　B．细雨落霏霏

　　C．倾盆大雨骤至　　　　　D．朗月迷人

708．罗刹女要讨回芭蕉扇，土地说还是给她，设法断绝火根，原来需要连扇（　　）才行。

　　A．四十九扇　B．八十一扇　C．三十六扇　D．六十四扇

709．罗刹女也明白了自己的过失，最后（　　），佛教经藏中留下美名。

　　A．苦苦修行，参透生死　　B．去找菩萨点化

　　C．前往西方拜如来为师　　D．隐姓修行，得了正果

710．走过火焰山，四人来到一座城池，规模宏大，富丽堂皇，询问后得知那是（　　）国。

　　A．牵牛　　　B．宝象　　　C．祭赛　　　D．龟兹

711．来到祭赛国城里，唐僧看见十数个和尚戴着枷锁沿门乞讨，感叹道（　　）。

　　A．"兔死狐悲，物伤其类"　B．"真可怜啊"

　　C．"阿弥陀佛"　　　　　　D．"天有不测风云"

712．悟空上前询问要饭的和尚才知，他们是（　　），希望去寺里细说。

　　A．犯了死罪的和尚　　　　B．金光寺负屈的和尚

　　C．替人消灾不成的和尚　　D．道士被改行的和尚

713．金光寺和尚问三藏是否大唐来的，悟空惊讶其未卜先知，他们说昨夜僧众人人（　　）。

　　A．都这样想过　　　　　　B．看到如来派人送信来

　　C．听到观音告诉他们　　　D．都做了这样一个梦

714. 以前祭赛国四方朝贡,金光寺塔液放霞光,三年前(　　),霞光没了,朝贡没了。

　　A. 下了场冰雹　　　　　　B. 下了场酸雨
　　C. 半夜下了场血雨　　　　D. 刮了场特大沙尘

715. 国家遭灾,(　　)对祭赛国国王说是寺里和尚偷了塔上宝贝造成的。

　　A. 新来的道士　　　　　　B. 朝臣
　　C. 过路的穆斯林　　　　　D. 西来的基督徒

716. 在祭赛国,欲弄清这里污秽之由,三藏打算沐浴后(　　),这也是自己立的誓愿。

　　A. 扫塔　　B. 祈祷　　C. 忏悔　　D. 念《古兰经》

717. 祭赛国和尚去厨房拿把菜刀交给八戒,叫他给打开枷锁,八戒笑笑,(　　),一一打开。

　　A. 吹口气　　　　　　　　B. 用钉耙一筑
　　C. 用嘴巴一咬　　　　　　D. 叫悟空用解锁法

718. 在祭赛国,唐僧扫塔直至第十层,疲倦不堪,悟空接着扫到第十二层,听到塔顶上(　　)。

　　A. 有唱歌声音　　　　　　B. 有人言语
　　C. 有吵架声音　　　　　　D. 有哭声

719. 悟空来到祭赛国金光寺宝塔第十三层,只见塔心有两个妖精在(　　),好不快活。

　　A. 猜拳吃酒　　B. 卿卿我我　　C. 听流行歌曲　　D. 切磋武术

720. 经过审讯,祭赛国金光寺宝塔塔顶妖精原来是乱石山碧波潭(　　)差来巡塔的。

　　A. 东海龙王　　B. 龙井大王　　C. 万圣龙王　　D. 黑鱼精

721. 经过审问黑鱼精,得知偷祭赛国金光寺宝塔上宝贝的是万圣龙王的(　　)。

　　A. 万圣公主　　B. 九头驸马　　C. 马面宰相　　D. 牛头将军

722. 九头驸马下了血雨,还偷走了塔中的(　　)佛宝。

　　A. 舍利子　　B. 经藏　　C. 镇塔　　D. 如来真身

723. 万圣公主去天上灵霄殿前偷了王母娘娘的九叶（　　）。
　　A. 黄花梨　　B. 雪莲花　　C. 玫瑰花　　D. 灵芝草

724. 在祭赛国，八戒看到悟空抓到了妖精，就要打死，被悟空止住了，因为他想到替和尚洗冤（　　）。
　　A. 需要证人与证据　　　　B. 需要一段时间
　　C. 事情没那么容易　　　　D. 需要用黑鱼等请客

725. 祭赛国国王听到大唐和尚要为自己分忧，非常喜悦，批评自己国内和尚（　　）。
　　A. 只吃饭，不管事　　　　B. 整天捣糨糊
　　C. 专心做贼，败国倾君　　D. 浪费粮草

726. 祭赛国国王怒斥和尚祸国，唐僧却引用俗语（　　）说国王错了，并说已抓到妖贼。
　　A. "逝者如斯夫，不舍昼夜"　B. "差之毫厘，失之千里"
　　C. "道可道，非常道"　　　　D. "天有不测风云"

727. 祭赛国国王听到抓住妖贼，大喜，急命（　　）到金光寺押回妖贼。
　　A. 锦衣卫　　B. 御林军　　C. 大理寺　　D. 火箭军

728. 听唐僧与沙和尚讲了三人法力，祭赛国君十分敬重，称三藏为老佛，叫沙僧为（　　）。
　　A. 高僧　　B. 圣僧　　C. 罗汉　　D. 菩萨

729. 悟空与八戒来到碧波潭上空，将（　　）吹口仙气变作一把刀，割了小妖的耳朵、下唇。
　　A. 树枝　　B. 毫毛　　C. 金箍棒　　D. 小草

730. 两个小妖向万圣龙王报告他们遇到了齐天大圣孙悟空，龙王（　　）。
　　A. 惊得目瞪口呆　　　　B. 吓得魂不附体
　　C. 喜得手舞足蹈　　　　D. 悲得捶胸顿足

731. 九头驸马并不担心，披挂上阵，使的兵器叫（　　）。
　　A. 九头剑　　B. 金刚铲　　C. 洛阳铲　　D. 月牙铲

732. 九头驸马禁不住悟空与八戒前后夹击，现出本相，却是个

(　　),形象十分凶恶。

A. 九头虫　　B. 九头虎　　C. 无头蛇　　D. 九头蛇

733. 九头虫半腰里伸出一个头来,张开(　　),咬住八戒拖到碧波潭内去了。

A. 尖嘴利齿　　B. 长长嘴巴　　C. 血盆大口　　D. 双翅

734. 八戒与九头虫及龙王等大战,引至潭面,悟空等在岸边,猛一棒把(　　)打得稀烂。

A. 驸马头　　B. 老龙头　　C. 龙子头　　D. 龙孙头

735. 二郎神听八戒说晚上不便擒拿九头虫,却引兵家语云:(　　),何怕天晚!

A. 征不待时

B. 兵不厌诈

C. 知己知彼,百战百胜

D. 以己之长攻敌之短

736. 九头虫被众人打败,又伸出头来咬二郎神,被二郎神的(　　)咬下头颅。

A. 小猫　　B. 小狼　　C. 细犬　　D. 小鹰

737. 悟空扮作九头虫,叫万圣公主把宝物藏好,公主(　　),把两个宝贝交给悟空。

A. 一时心智迷糊

B. 糊里糊涂

C. 知道已经完了

D. 不识真假

738. 得了宝贝,杀了公主,看到龙婆,八戒欲打死他,悟空叫留着,到祭赛国(　　)。

A. 让国人瞻仰

B. 让她交代实情

C. 放在博物馆展览

D. 在大街上示众

739. 在祭赛国,龙婆夫死子绝,后来情愿看塔,她说(　　)。

A. 君子报仇,十年不晚

B. 留得青山在

C. 好死不如恶活

D. 乐得多活几年

740. 除妖事毕,悟空觉得"金光"二字不祥,故将寺名改为(　　)。

A. 护国伏龙寺

B. 保国卧佛寺

C. 佑国阿育王寺

D. 长安雁塔寺

741. 祭赛国除了妖,伏龙寺僧人不肯离去,悟空只能变出(　　),

众僧才不敢跟进。

　　A．一群妖怪　　B．一群豺狼　　C．一群猎狗　　D．斑斓猛虎

　　742．出了祭赛国，来到一条长岭，有千里之遥，长满荆棘，此处正是（　　）。

　　A．长虫岭　　B．黄花岗　　C．荆棘岭　　D．龙蛇山

　　743．在荆棘岭，猪八戒一路拱开大路，来到一座古庙前，(　　)，难测深浅。

　　A．古木参天　　　　　　B．松柏凝青，桃梅斗丽
　　C．竹林森森　　　　　　D．花木争荣

　　744．在荆棘岭，一阵阴风，庙门后转出一个老者自称土地，特来送餐，八戒（　　），悟空识破妖怪。

　　A．上前伸手就要取饼　　B．急忙感谢
　　C．伸头去吃饼　　　　　D．兴高采烈

　　745．在荆棘岭，那手持拐杖的老者同鬼使一起把唐僧抬到一座烟霞石屋前放下，自我介绍他是(　　)。

　　A．安公公　　　　　　　B．荆棘岭大君子
　　C．荆棘岭十八公　　　　D．李公公千岁爷

　　746．荆棘岭十八公对唐僧说，把请他来是因风情月霁之宵，与长老（　　），别无歹意。

　　A．谈天说地　　　　　　B．聊天饮酒
　　C．饮酒赋诗绘画弹琴　　D．会友谈诗，消遣情怀

　　747．荆棘岭十八公请来唐僧不一会儿，另有三个老者前来，面貌衣服各不相同，都对唐僧(　　)。

　　A．不恭　　B．作礼　　C．鞠躬问好　　D．怒目而视

　　748．荆棘岭四位老者与唐僧吟诗交谈，似乎志趣相投，他们一个个（　　）。

　　A．稽首皈依，躬身拜谢　　B．喜笑颜开，啧啧称赞
　　C．开怀大笑，足慰平生　　D．举杯与三藏敬酒

　　749．拂云叟笑指石屋邀三藏入庵一茶，一看此乃(　　)也。

　　A．白玉庵　　B．桫翠庵　　C．馒头庵　　D．木仙庵

750. 唐僧真的跟着荆棘岭四老进入木仙庵,鬼使捧出一盘茯苓膏,四老一齐享用,唐三藏(　　)。

　　A. 最后也没吃　　　　　　B. 还是不敢吃

　　C. 吃了两块　　　　　　　D. 只是闻了一闻

751. 荆棘岭四老与三藏讲论诗禅甚是惬意,后来来了一位绝美女仙,四老做媒且保亲,三藏至此(　　)。

　　A. 渐入彀中,难以自拔　　　B. 变了颜色,知道上当

　　C. 已经入迷,打算定婚　　　D. 暴跳如雷,大骂妖怪

752. 在木仙庵待到天明,悟空听到师父声音却不见荆棘岭人影,大叫师父,唐僧也喊,四老等(　　)。

　　A. 吓死过去了　　　　　　B. 腾空而起,不见踪迹

　　C. 拖着唐僧消失了　　　　D. 晃一晃,不见了

753. 荆棘岭上那位绝美女子欲与三藏成婚,称呼唐僧为(　　)。

　　A. 佳客　　B. 佳人　　C. 相公　　D. 老公

754. 唐僧师徒既不见荆棘岭四老等行走,也不见其踪影,悟空仔细观察得知,这些怪物乃(　　)。

　　A. 妖怪隐身在树干之中　　B. 树木在此成精

　　C. 妖怪变化成树　　　　　D. 妖怪借树作怪

755. 荆棘岭成精的几棵大树,被八戒钉耙一一筑倒,果然那根下俱(　　)。

　　A. 显出妖形　B. 鲜血淋漓　C. 透出妖气　D. 存肉块

756. 四众西进行过高山,有一所楼台殿阁,后来知道叫"雷音寺",不过悟空看去(　　)。

　　A. 禅光瑞霭又有些凶气　　B. 隐隐蕴藏浓浓杀气

　　C. 一片祥瑞之气　　　　　D. 佛光普照,光彩耀眼

757. 唐三藏策马加鞭来到山门,见"雷音寺"三个大字,慌得(　　)。

　　A. 满地打滚,不知所措　　B. 双手颤抖,头脑发昏

　　C. 策马入寺　　　　　　　D. 滚下马来,倒在地上

758. 看见雷音寺,唐僧骂悟空害自己,悟空说怎么念出三字,唐僧

仔细看真的是(　　)。

　　A．"敕建护国寺"　　　　　　B．"小雷音寺"

　　C．"敕建雷音寺"　　　　　　D．"古雷音寺"

　　759．虽然悟空劝阻,但是唐三藏决意进入小雷音寺,因为其心愿是(　　)。

　　A．随喜烧香　B．虔诚信佛　C．遇佛拜佛　D．慎独敬神

　　760．进入小雷音寺,唐僧、八戒与沙僧(　　),只有悟空公然不拜。

　　A．一步一拜　　　　　　　　B．三跪九叩

　　C．高呼万岁,步步拜叩　　　D．拜一拜,呼一呼

　　761．在小雷音寺,悟空被合在金铙中,搁在宝台之上,限三昼夜(　　)。

　　A．化为灰烬　B．化为脓血　C．化为枯骨　D．化为木乃伊

　　762．在金铙之中,悟空想尽办法却毫无用处,亢金龙把角伸进去,悟空(　　)才脱身。

　　A．截断龙角飞出来　　　　　B．顺着爬出来

　　C．钻在角空洞里　　　　　　D．钻在钻眼里拔出

　　763．那小雷音寺妖王自我介绍说此处是小西天,他叫(　　)。

　　A．白眉道长　B．小观音菩萨　C．黄眉老佛　D．如来化身之一

　　764．黄眉怪一只手使狼牙棒,一只手去腰间解下一条(　　),往上一抛,把所有人装入。

　　A．混天绫　　B．旧白布搭包　C．哈达　　D．羊肚毛巾

　　765．在小雷音寺,孙悟空被捆至半夜,忽闻有悲泣之声,侧耳细听,原来是(　　)。

　　A．唐三藏声音　B．猪八戒声音　C．沙和尚声音　D．观音菩萨声音

　　766．在小雷音寺,悟空使了个(　　),将身子缩小,脱下绳子,解了师父。

　　A．金鸡独立法　B．飞天法　　C．入地法　　D．遁身法

　　767．在小雷音寺,大家得到悟空解救皆脱了困,发现行李不在,悟空回去寻找,他变作(　　)钻进去。

　　A．鼹鼠　　　B．蝙蝠　　　C．飞蛾　　　D．蟋蟀

768. 在小雷音寺,悟空去取行李惊动妖怪,只得只身逃跑,众人与怪搏斗,妖怪又取出那包,结果(　　)。

　　A. 仅仅走掉几个天将　　　　B. 所有人众全包住
　　C. 只有悟空走掉　　　　　　D. 师父他又被抓去

769. 在小雷音寺,悟空想到师父及众天兵天将被装进去了,不好去求玉帝,只能去请(　　)搭救师父。

　　A. 北方真武　　B. 南方朱雀　　C. 东方青龙　　D. 西方如来

770. 几次折腾,不少救兵被黄眉老佛抓住,悟空凄惨之时,忽然有人叫他,此乃极乐世界(　　)是也。

　　A. 七佛　　　B. 弥勒佛　　C. 达摩　　　D. 弘一法师

771. 弥勒告诉悟空,那黄眉老佛其实是他司磬的(　　),伺机出来作怪。

　　A. 黄眉歌星　B. 无眉仙童　C. 黄眉将军　D. 黄眉童儿

772. 黄眉老佛的褡包原来是弥勒的后天袋子,俗名叫(　　)。

　　A. 人种袋　　B. 统统装　　C. 无限装　　D. 大口袋

773. 弥勒要悟空引妖来西瓜地里,悟空担心妖怪不来,弥勒用口水在悟空写个(　　)。

　　A. "来"字　　B. "近"字　　C. "禁"字　　D. "导"字

774. 黄眉老佛听小妖报告这次只有悟空一人,并无救兵,认为悟空(　　)。

　　A. 又使诡计,难以对付　　　　B. 无处求人,送命来了
　　C. 莫名其妙,神智昏乱　　　　D. 肯定丧失理智了

775. 悟空与黄眉怪斗到西山坡下,悟空打个滚钻入瓜田,变成(　　),黄眉老佛四处不见悟空。

　　A. 大熟瓜　　B. 老瓜农　　C. 小老鼠　　D. 啄瓜的小鸟

776. 弥勒问妖怪拿金铙,妖怪说被打碎了,弥勒来到寺内,将碎金收齐,(　　),即复原。

　　A. 放入袋中一抖　　　　　　B. 用手一捏
　　C. 顿时修复　　　　　　　　D. 吹口仙气,念声咒语

777. 弥勒收了童儿,带回宝贝,与悟空道别,径回转(　　)去了。

A. 南极冰雪世界 B. 世外桃源
C. 极乐世界 D. 北极无人世界

778. 师徒躲离了小西天,忽见一座庄园,一老者看到悟空瘦小且没有礼貌,骂悟空(　　)。

A. 痨病鬼 B. 鸦片鬼 C. 死鬼 D. 饿死鬼

779. 在七绝山附近,悟空问得老者姓李,以为这里叫李家庄,没想到老者告诉他,这里叫(　　)。

A. 王家庄 B. 陀罗庄 C. 张家庄 D. 陈家庄

780. 陀罗庄李姓老者起先不让他们住,后来殷勤招待,师徒觉得奇怪,一问才知他们希望(　　)。

A. 多留些仙气下来 B. 带他们西行求法
C. 唐僧留下振兴佛教 D. 悟空除妖造福

781. 在陀罗庄,看到悟空轻易答应除妖,唐僧批评他过分自专,万一妖降不了就犯了(　　)的禁忌。

A. 出家人不打诳语 B. 不干涉社会事务
C. 邀功追求名利 D. 热心公益事业

782. 陀罗庄老者要悟空他们除妖且有大量酬谢,为防赖账,请庄里人写个(　　)。

A. 条例 B. 宪法 C. 收据 D. 文书

783. 陀罗庄李姓老者请了八九个庄人,问哪个去捉拿妖怪,悟空说是自己,众人都说(　　)。

A. 最好 B. 合适 C. 不济 D. 坏了

784. 在陀罗庄,听说妖精来了,八戒被悟空拉到天井里,却非常害怕,把嘴拱开土,(　　)。

A. 撒向空中 B. 埋在地下
C. 向妖怪喷洒沙尘 D. 把悟空藏在地下

785. 在陀罗庄,八戒从土里出来,朝天一望见有两盏灯光,就认定此妖是好的,因为(　　)。

A. 打灯笼引路 B. 打灯笼替别人照明
C. 打灯笼跟人打招呼 D. 打灯笼做路灯

786. 在陀罗庄,两眼放光的妖精在空中,悟空叫八戒沙僧保护师父,自己去打探,八戒叮嘱他(　　)。
   A. 不要单打独斗　　　　B. 千万小心
   C. 不要供出自己　　　　D. 多动脑筋

787. 在陀罗庄,悟空与八戒跟妖怪斗了一夜,到天明那妖怪回头就走,来到污秽熏人的(　　)。
   A. 亡尸山　　B. 大茅坑　　C. 化工厂　　D. 七绝山

788. 七绝山那怪物躲进洞窟,悟空与八戒两头夹击,它撺过山现出本相,乃是一条(　　)。
   A. 红鳞大蟒蛇　　　　B. 白鳞大森蚺
   C. 黄鳞大鳗鱼　　　　D. 红皮肤大老鼠

789. 七绝山蟒蛇妖盘作一团竖起头,张开大口,悟空(　　)让它吞下。
   A. 不小心　　B. 迎上去　　C. 仓促间　　D. 来不及逃走

790. 悟空在七绝山大蟒肚里把那蛇弄成船的样子,又把铁棒从脊背上搠出去五七丈长,像(　　)。
   A. 一条红丝带　　　　B. 一棵大树
   C. 一根桅杆　　　　　D. 哪吒的混天绫

791. 悟空与八戒跟七绝山妖怪斗了一夜,李姓老者和陀罗庄其他人(　　)。
   A. 断定他们送了命　　　　B. 肯定他们除了妖
   C. 为他们提心吊胆　　　　D. 一直在为他们祈祷

792. 除了蟒蛇妖,来到七绝山,八百里山路臭气熏天,只能叫八戒变成(　　)拱出一条大路。
   A. 大号狼　　B. 特大型牛　　C. 大象　　D. 大猪

793. 师徒进途中忽见附近一座城池,城头大旗迎风招展,上有三个大字(　　)。
   A. "大明国"　B. "朱紫国"　C. "大清国"　D. "美利坚"

794. 四人在朱紫国大街行进不多时,忽见一座门墙,上有(　　)三字。

A．"会同馆"　B．"绍兴馆"　C．"博物馆"　D．"高升馆"

795．唐僧要倒换关文，问那会同馆官员，官员说国王久不上朝，今日乃（　　），正在殿上。

A．二十年一次　B．恶日凶辰　C．黄道良辰　D．大祸临头

796．国王听说大唐和尚来到特别高兴，因病久不视朝，今日（　　），就有高僧来国。

A．刚刚管事　　　　　B．精神似乎振奋
C．身体略有好转　　　D．出榜招医

797．在朱紫国，兄弟三人做饭，悟空叫八戒去买佐料，八戒不肯，悟空说那我买些吃的请你，他听了（　　）。

A．口内流涎　　　　　B．肚子咕咕叫
C．肠胃难受　　　　　D．立刻就要吃

798．在朱紫国，悟空走到鼓楼边，看到许多人在看皇榜，原来是招医的，他满心欢喜，想（　　）。

A．让八戒出个洋相玩玩　　B．让老孙做个医生玩玩
C．借治病发个大财　　　　D．以治病名扬海外

799．在朱紫国，悟空隐了身弄了风，揭下皇榜，让风转悠到八戒处，将榜折了，（　　）自己回馆驿。

A．捂在八戒嘴上　　　B．盖八戒头上
C．揣在八戒怀里　　　D．塞在八戒耳朵里

800．朱紫国太监、校尉寻找皇榜，忽见八戒怀中露出纸边，八戒一看榜文，咬牙骂（　　）。

A．那猢狲害杀我也　　B．该死的国王生温病
C．我会医治也不高兴　D．要一千两黄金

801．众人要拿八戒去见朱紫国国王，八戒说带他们去找师兄，他们哪里肯依，因为哪有（　　）的。

A．敬酒不吃吃罚酒　　B．放走现凶找隐凶
C．上你的当　　　　　D．现钟不打打铸钟

802．两个朱紫国老太监问明缘由，交代校尉听八戒的去会同馆找悟空，八戒就说（　　）。

A. 这两个公公知事 B. 这两个奶奶知事
C. 姜还是老的辣 D. 男的竟然不如女的

803. 太监要求悟空进宫给朱紫国国王看病,悟空也不客气,要( )请他,太监听了很是惊骇。

A. 国王亲自前来 B. 宰相前来
C. 所有朝廷官员 D. 文武官员百人

804. 朱紫国国王听说唐僧徒弟揭了皇榜,就问三藏,哪个徒弟善医,唐僧只能说( )。

A. 沙僧略微懂些 B. 悟空略微懂些
C. 没有一个知道药性的 D. 八戒略微懂些

805. 朱紫国国王听了汇报,叫文武大臣代替他去请悟空,要称他( ),以君臣之礼相见。

A. 如来现活佛 B. 观音活菩萨
C. 圣僧孙老爷 D. 神僧孙长老

806. 看到许多大臣迎接悟空前去朱紫国王宫,八戒告诫他不要攀上自己,悟空叫八戒和沙僧( )。

A. 准备收药 B. 准备收礼 C. 准备收金银 D. 准备赴宴

807. 朱紫国国王听到悟空声音,见了他的相貌,立刻( ),宫内女官惊慌失措。

A. 惊恐万状 B. 吓得跌倒床上
C. 惊惧之间病愈了 D. 吓死过去了

808. 听到悟空讲述医理,太医称扬他,可是朱紫国国王叫悟空快走,他( )了。

A. 不要任何医生治病 B. 快被吓死
C. 再见不得生人面 D. 肯定会减寿

809. 听见朱紫国国王不能再见生人面,悟空说他会( ),不必当面诊视。

A. 占卜掐算 B. 闻音诊断 C. 隔墙诊视 D. 悬丝诊脉

810. 近侍说悟空能够悬丝诊脉,朱紫国国王立刻同意了,因为三年中( )。

A．就是此法有些效果　　　B．还没有尝试此法
C．一直想着这种方法　　　D．没有听过这种新鲜

811．悟空上殿给朱紫国国王治病，唐僧迎着骂他，从不知晓药性却大胆撞祸，一定（　　）。

A．害了自己　　　　　　　B．死无葬身之地
C．闯下天大的祸来　　　　D．给国王带来灾祸

812．孙悟空用三根毫毛变成三根（　　）系在朱紫国国王左手腕上。

A．铜线　　B．银线　　C．金线　　D．蚕丝

813．给朱紫国国王诊视结束，悟空高叫贵恙是一个惊恐忧思，号为（　　）之症。

A．单相思　　B．双鸟失群　　C．吓破胆　　D．惊恐伤心

814．朱紫国国王听了悟空诊断，（　　），请他用药。

A．似对似错　　B．真假难辨　　C．有些道理　　D．满心欢喜

815．朱紫国群臣听了悟空对国王病症的解说，（　　）。

A．大觉好笑　　B．将信将疑　　C．齐声喝彩　　D．似懂非懂

816．既然朱紫国国王的病情已经确诊，太医们询问用何药物治疗，悟空就答（　　）。

A．不必执方，见药就要　　B．当归、茯苓
C．黄芪、红枣　　　　　　D．天山雪莲

817．朱紫国医官奇怪，怎么见药就要？悟空引用古语说（　　），所以征集全部药物。

A．需要随时更换　　　　　B．疑难杂症，用药奇特
C．综合各种药物功效　　　D．药不执方，合宜而用

818．悟空给朱紫国国王诊视结束，悟空与唐僧准备回馆驿，没想到内宫传旨（　　），待见了药效再行。

A．留住悟空　　　　　　　B．留住唐僧
C．留住师徒二人　　　　　D．享受宴会再走

819．八戒看到朱紫国太医院送来的大量药物来，对悟空说你是想以后（　　），做无本生意吧。

A. 西行不成留后路 B. 偷偷贩卖发大财
C. 开药铺 D. 囤积药材,奇货可居

820. 在朱紫国,八戒说这么多药几代人都吃不完,悟空告诉他自己的用意是让太医院官员(　　)。

A. 觉得自己特别 B. 莫名其妙
C. 与自己研讨 D. 没处捉摸

821. 开始给朱紫国国王制药了,悟空要锅灰,沙僧不解,悟空说锅灰名为(　　),能调百病。

A. "百草霜" B. "百病灵" C. "祛病灵" D. "黑金丹"

822. 悟空给朱紫国国王制药时要马尿,沙僧又不解,悟空告诉他,此马乃(　　),非凡马,其尿治百病。

A. 东海龙驹 B. 汗血宝马 C. 西海飞龙身 D. 行空天马

823. 给朱紫国国王制药时八戒怎么也弄不到马尿,悟空去跟马沟通后,他才(　　)。

A. 射出半盆 B. 努出几滴 C. 倾泻一摊 D. 挤出半滴

824. 第二天早上,朱紫国群臣来取药,八戒拿药给他们,他们问药名,悟空说叫(　　)。

A. 六味丸 B. 锅灰丹 C. 龙尿丹 D. 乌金丹

825. 朱紫国取药大臣又问药引子,悟空说需要(　　),不能用井水、河水。

A. 矿泉水 B. 山泉水 C. 无根水 D. 南极水

826. 为了让朱紫国国王及早服药,取得药引子,国王传旨法师(　　)。

A. 求雨 B. 做道场 C. 念经崇佛 D. 祈祷神灵

827. 悟空想帮助朱紫国国王得雨,念了咒语,招来了(　　)下雨。

A. 西海龙王儿子 B. 西方海神
C. 附近河神 D. 东海龙王

828. 东海龙王来到朱紫国上空,对悟空说让他打两个喷嚏,(　　),给国王吃药。

A. 滴几滴鼻涕 B. 吐些涎津溢

C. 洒些眼泪　　　　　　　　D. 抖几滴水

829. 老龙在半空运化津涎,范围不离朱紫国(　　),将近一个时辰。

　　A. 坤宁宫　　B. 乾清宫　　C. 王宫前后　　D. 紫禁城

830. 朱紫国国王先后服了三丸药丸,不多时渐觉(　　),也就精神抖擞,脚力强健。

　　A. 心胸宽泰,气血调和　　　B. 气流满身流转
　　C. 热血沸腾　　　　　　　　D. 火气汹涌

831. 朱紫国国王病愈,举行盛大宴会,接连劝悟空饮酒,八戒见轮不到他,忍得(　　)。

　　A. 咬牙切齿　　　　　　　　B. 咽咽咽口水
　　C. 牙齿咯咯作响　　　　　　D. 火气上涌

832. 国王与悟空交谈,说朱紫国的称呼与大唐相异,正宫叫(　　)。

　　A. 玉圣宫　　B. 衍圣公　　C. 坤宁宫　　D. 金圣宫

833. 原来朱紫国国王在(　　)那天失去了正宫娘娘,至今已经三年。

　　A. 清明之节　　B. 中秋之节　　C. 端阳之节　　D. 重阳之节

834. 三年前的端午节,朱紫国国王与嫔后在御花园(　　),半空中出现一个妖精。

　　A. 斗蟋蟀,划龙舟　　　　　B. 解粽插艾,饮雄黄酒
　　C. 吃月饼,赏明月　　　　　D. 饮冬酿酒

835. 那个妖精赛太岁,住在(　　)山,少个夫人,看中了朱紫国的正宫娘娘。

　　A. 麒麟　　B. 五台　　C. 花果　　D. 武当

836. 若不把娘娘献出,妖精要吃尽朱紫国人,无奈中国王把娘娘推出(　　)亭外。

　　A. 潇湘　　B. 云梦　　C. 沧浪　　D. 海榴

837. 因为惧怕妖怪为害,朱紫国国王造了一座(　　),但闻风响,就进入其中躲避。

A．镇妖楼　　B．避妖楼　　C．驱妖楼　　D．天罡楼

838．朱紫国国王正与悟空讲论避妖楼，妖怪来了，被赶走时在西门放火，被悟空用（　　）灭了火。

A．吐口水　　B．吹口气　　C．杯中酒　　D．咒语

839．赛太岁见先锋被孙行者打败，就派心腹小校（　　）前去送战书。

A．南来北往　　B．东来西去　　C．黑鱼精　　D．有来有去

840．悟空把小妖有来有去的尸首摔在阶下，八戒上去就是一钯说（　　）。

A．"此是老猪之功"　　　　B．"妖精哪里逃"
C．"让你知道老猪的厉害"　　D．"去阎王殿报到吧"

841．孙悟空来到麒麟山，近得娘娘，陈述国王思念之意，拿出（　　），她才信了。

A．国王书信　　B．黄金宝串　　C．国王相片　　D．黄金项链

842．悟空问金圣娘娘妖精有何宝物，娘娘说有（　　），那火光、烟光、黄沙是摇晃出来的。

A．三个火药桶　B．三个精钢铃　C．三个银铃　　D．三个金铃

843．悟空拿了赛太岁的金铃，走到外面不知厉害，（　　），一声巨响，烟火黄沙收不住。

A．拔出塞子　　B．打开盖子　　C．扯出木棉　　D．摇晃一下

844．在妖洞内，悟空一时难以脱身，赛太岁叫抓小偷，他变作一个（　　）钉在石壁上。

A．痴苍蝇儿　　B．吸血蝙蝠　　C．大蚊子　　D．大鲵

845．悟空叫金圣娘娘再去请妖怪，娘娘问怎么行事，悟空引古语（　　），说明酒的功能。

A．"何以解忧，唯有杜康"　　B．"酒能乱性"
C．"酒逢知己千杯少"　　　　D．"断送一生惟有酒"

846．悟空为了假扮侍婢春娇，用毫毛变作（　　），轻轻放在她脸上，一会就睡着了。

A．麻醉济　　B．瞌睡虫　　C．蛐蛐　　D．蚊子

847. 赛太岁的三个金铃依旧藏在衣服里面,悟空将毫毛变作( ),挨着皮肤乱咬。

　　A. 蜜蜂、苍蝇等　　　　　　B. 蝎子、蜈蚣等

　　C. 虱子、臭虫等恶虫　　　　D. 跳蚤、白蚁等

848. 假春娇假意帮赛太岁整理,拿来三个金铃,拔出毫毛( ),递给妖精。

　　A. 变出止渴的鸩　　　　　　B. 变作一壶鹤顶红

　　C. 一杯毒酒　　　　　　　　D. 变出三个假金铃

849. 悟空问赛太岁的金铃何处得来的,他说出实话是( )。

　　A. 八卦炉里炼成的　　　　　B. 文殊菩萨坐骑项上

　　C. 先天锻造出来的　　　　　D. 南极冰底矿石炼的

850. 赛太岁问悟空金铃来历,悟空说也是八卦炉里炼成的,但他的是( ),比妖怪的厉害。

　　A. 雄的　　　B. 雌的　　　C. 正品　　　D. 极品

851. 赛太岁把三个金铃依次晃了三晃,没有任何动静,他以为这铃是( ),不敢出来了。

　　A. 病了　　　B. 感冒　　　C. 坏了　　　D. 惧内

852. 看到悟空手里的金铃威力无比,赛太岁魄散魂飞,此时空中( )叫住孙悟空。

　　A. 哪吒　　　B. 如来　　　C. 观音　　　D. 八戒

853. 赛太岁被观音收去,原来它是( ),悟空不能惩罚它。

　　A. 观音的坐骑　　　　　　　B. 如来的警犬

　　C. 文殊的坐骑　　　　　　　D. 玉帝的御马

854. 悟空带着娘娘回到朱紫国王宫,国王就来牵手,却猛然跌倒,原来娘娘( )。

　　A. 手特别滑溜　　　　　　　B. 久不相见,缩回手去

　　C. 外层通电　　　　　　　　D. 满身毒刺

855. 紫阳真人来到朱紫国王宫,原来娘娘身上长满毒刺的衣服就是他的( )变的。

　　A. 牛皮衣　　　B. 旧棕衣　　　C. 刺猬衣　　　D. 鳄鱼皮

856. 师徒别了朱紫国,忽见一座庵林,唐僧要自己去化斋,八戒自动代劳,他说(　　)。

  A."父母在上,小的孝敬"   B."一日为师,终生为父"
  C."有事弟子服其劳"   D."有钱出钱,有力出力"

857. 唐僧看到盘丝岭庵林那人家只有女子,不敢进去,但想到化不出斋(　　),硬着头皮叫唤。

  A. 难以克服千难万险   B. 就成不了佛
  C. 就要饿肚子   D. 被徒弟笑话

858. 看见盘丝岭茅屋中的女子们热情接待自己,唐三藏感叹(　　),连女流之辈尚且斋僧。

  A. 西方正是佛地   B. 西方比东方文明
  C. 西方更加虔诚信道教   D. 西方更虔诚信基督

859. 盘丝岭茅屋中的几个女子陪唐僧说笑,另外几个去刷锅做饭,她们安排的是(　　)。

  A. 熊掌鱼翅   B. 牛蛙人肉
  C. 人油炒炼,人肉煎熬   D. 羊肉牛肝

860. 唐僧发现苗头不对,就要离开,盘丝岭茅屋中的女子哪里肯放,几下把唐僧悬梁高吊,且名色叫(　　)。

  A. 金鸡独立 B. 仙人指路 C. 白鹤亮翅 D. 金蝉脱壳

861. 在盘丝岭,唐僧被吊得老高,那些女子脱了衣服,一个个腰眼中(　　),把庄门封严实了。

  A. 拉出白丝带 B. 抽出橡皮筋 C. 拉出钢筋 D. 冒出丝绳

862. 在盘丝岭,悟空发现庄院里的丝绳又软又粘,想还是先弄清情况,就念个咒,拘得庙里的(　　)转个不停。

  A. 拾得和尚 B. 牛头鬼 C. 土地爷 D. 济公

863. 土地爷跪在悟空面前,他告诉悟空这里是盘丝岭,岭下有个(　　),共有七个妖怪。

  A. 盘丝洞 B. 无底洞 C. 芭蕉洞 D. 摩云洞

864. 土地爷告诉悟空,距盘丝岭三里外有个(　　),妖精一天出来洗三次澡。

A. 半汤泉　　B. 沉妖泉　　C. 趵突泉　　D. 濯垢泉

865. 知道盘丝洞妖怪行迹,悟空变作个(　　),钉在路旁草梢上等待妖怪出来洗澡。

A. 小鸟　　B. 麻苍蝇　　C. 野鸭　　D. 小鱼

866. 盘丝洞七个妖女入水洗澡,悟空本想一下结果她们,想到(　　),汉子打死女子坏名声。

A. 男不与女斗　　　　B. 公不杀母
C. 好男儿志在四方　　D. 小不忍则乱大谋

867. 既不能打死又不能便宜盘丝洞妖女,悟空后来就变作一只(　　),把女妖的七套衣服抓走。

A. 天狗　　B. 大乌鸦　　C. 饿老鹰　　D. 特大麻雀

868. 悟空拿走盘丝洞女妖衣服,八戒以为先除掉妖怪,再去救师父,这叫(　　)之计。

A. 乐得逍遥　　B. 断子绝孙　　C. 除恶务尽　　D. 斩草除根

869. 八戒听悟空让他去打盘丝洞七个绝美女妖,(　　),举着钉耙,径去浴池。

A. 抖擞精神,欢天喜地　　B. 竖起眉毛,咬牙切齿
C. 得意非凡,美滋滋　　　D. 心虽不愿,无奈

870. 八戒来到盘丝洞妖女洗澡的地方,先不忙除妖而要跟女妖一起洗澡,他摇身一变,变作(　　)钻来钻去。

A. 黑鱼精　　B. 鲇鱼精　　C. 老鼋精　　D. 白兔精

871. 眼看八戒狠命乱筑,盘丝洞七个女妖赤条条跳起来,作法满天搭了个(　　)罩住了八戒。

A. 钢丝网　　B. 尼龙篷　　C. 大丝篷　　D. 种花暖棚

872. 悟空与八戒赶到盘丝洞,七个小妖挡道,悟空喝道"你是谁",那小妖说是(　　)。

A. 七仙姑的儿子　　　B. 七仙姑的女儿
C. 母鸡的儿子　　　　D. 蛤蟆精的儿子

873. 从盘丝洞救回师父,八戒要拆掉这些房子,悟空说不如(　　),既省力又断根。

A. 放满水养娃娃鱼 B. 借雷电击毁
C. 发飓风端掉 D. 找柴火烧了

874. 师徒离开盘丝洞来到一座庄园前,门上嵌着一块石板,上有( )三字。

A. "黄花寺" B. "黄花观" C. "西林寺" D. "灵岩寺"

875. 刚入黄花观,道士殷勤接待,惊动了来此的七个女妖,那道士却是女妖的( )。

A. 师兄 B. 亲哥哥 C. 相好 D. 面首

876. 黄花观道士听七个女妖诉说后决定摆布唐僧四人,他可不用蛮力,相信( )。

A. 用智慧战胜敌人 B. 苦干加巧干
C. 一打三分低 D. 君子动口不动手

877. 道士听唐僧说是大唐来的,满面生春,立刻叫童儿( )。

A. 准备咖啡 B. 快去换茶 C. 去换奶茶 D. 端来素酒

878. 在黄花观发现七个女妖丝绳厉害,不知来历,土地爷告诉悟空她们是( )。

A. 七个黄蜂精 B. 七个毒蚕精
C. 七个蛤蟆精 D. 七个蜘蛛精

879. 黄花观道士与悟空斗了五六十回合渐渐不行,一下脱皂袍,两肋有一千只眼,眼中( )。

A. 迸放金光 B. 射出 x 射线 C. 射出毒刺 D. 迸放毒液

880. 道士的金光照得十余里,悟空变作( ),钻出二十余里,方才出头。

A. 金刚钻 B. 穿山甲 C. 土行孙 D. 神行太保

881. 悟空被黄花观道士的金光射得浑身疼痛,正当悲切,见一穿重孝妇人,她正是( )。

A. 观音菩萨 B. 文殊菩萨 C. 黎山老姆 D. 白骨精

882. 黎山老姆告诉悟空,此道士本是个( ),又唤作多目怪。

A. 千手观音 B. 万眼魔君 C. 千眼魔君 D. 百眼魔君

883. 黎山老姆说那道士的毒药最狠,药倒人,三日之内( ),救人恐怕很难了。

　　A．必成灰烬　　　　　　B．骨髓俱烂
　　C．只存枯骨　　　　　　D．必成木乃伊

884．黎山老姆说只有一个圣贤能够降得这黄花观道士,她住在（　　）,距此地有千里之遥。

　　A．紫云山　B．桃花岛　C．蓬莱山　D．天台山

885．住在紫云山千花洞的圣贤名叫（　　）,她能够降得此多目怪。

　　A．嫦娥　B．镇妖婆　C．毗蓝婆　D．罗刹女

886．悟空来到紫云山千花洞,一路进去无人,数里后看见一个（　　）坐在榻上。

　　A．道士　　B．道姑　　C．佛陀　　D．尼姑

887．孙行者向毗蓝婆行礼,没想到她认识悟空,一问才知当年大闹天宫时到处（　　）。

　　A．为他的精神所感动　　B．传颂他的光辉业绩
　　C．发布了通缉令　　　　D．传了他的形象

888．听了毗蓝婆说自己大闹天宫的事情被到处传扬,已经皈依佛门的悟空才明白（　　）。

　　A．好事不出门,恶事传千里　B．一旦失足,全球皆知
　　C．人不能犯错　　　　　　　D．鸿爪雪泥之事

889．毗蓝婆本来久不过问世事,但看在悟空颜面上且不可（　　）,就答应去降妖。

　　A．失了唐僧之贤　　　　B．灭了求经之善
　　C．长了妖孽之气　　　　D．丢了这一件功勋

890．悟空询问毗蓝婆降妖用什么兵器,她告诉悟空只需一枚（　　）,能够破此怪。

　　A．人参果　B．山核桃　C．绣花针　D．橄榄核

891．听说武器是绣花针,悟空想要一担也容易,但毗蓝婆说此针是她儿子（　　）炼成的。

　　A．心室里　B．丹炉里　C．泉眼里　D．日眼里

892．问起毗蓝婆的儿子,她说是（　　）,这让悟空惊骇不已。

A．北斗星君　　B．昴日星官　　C．天池老君　　D．朗月星君

893．毗蓝婆的绣花针（　　），有五六分长短，望空抛去，响一声就破了金光。

A．似眉毛粗细　　　　　　B．如鬓毛粗细
C．像孔雀毛粗细　　　　　D．如铁杵粗细

894．悟空看到师父他们吐痰吐沫不觉垂泪，幸亏毗蓝婆送了三丸（　　），三人才吐出毒液。

A．五石散　　B．消毒灵　　C．解毒丹　　D．寒食散

895．悟空他们要看道士真相，毗蓝婆用手一指，道士倒在尘埃，原来是个七尺长短的（　　）。

A．蟒蛇精　　B．大蜈蚣精　　C．蝎子精　　D．蜘蛛精

896．八戒醒过来拿起钉耙就要筑那妖精，被毗蓝婆阻止了，她想收去帮她（　　）。

A．消闷解困　　B．镇宅　　C．犁地　　D．看守门户

897．师徒离了黄花观，忽见一座高山，一老者高呼（　　），三藏听到跌落下来。

A．"不可前进"　　　　　　B．"往南边绕过"
C．"别去送死"　　　　　　D．"快去请如来"

898．狮驼岭山坡上老者看悟空短小，猜他只有（　　），行者说几万岁了。

A．一二岁　　B．七八岁罢了　　C．近二十岁　　D．八九十岁

899．在狮驼岭，悟空从俊俏小和尚还原为雷公模样，吓得老者面容失色，悟空叫他别怕，自己（　　）。

A．是个活雷锋　　　　　　B．形怪心不怪
C．面恶人善　　　　　　　D．曾列入道德模范

900．在狮驼岭，八戒去问那老者，老者见了愈加惊怕，说刚才那个虽丑（　　），这个一份人气也没。

A．声音倒像人　　　　　　B．仅有一半鬼相
C．还有几分人味　　　　　D．尚有三分人相

901．那老者听到八戒说出人话，告诉他此山叫作八百里（　　），里

面有三个魔头。

A．野猪岭　　B．狮驼岭　　C．狮虎岭　　D．秦岭

902．在狮驼岭,老者报完信就不见了,悟空跳上高峰看见半空中的（　　）,叫他带信给玉帝借些天兵。

A．太白金星　　　　　　B．太上老君
C．托塔李天王　　　　　D．吕洞宾

903．在狮驼岭,悟空跳上高峰,看到路上一个小妖,他变作个苍蝇轻轻（　　）,侧耳听他说些什么。

A．飞到他梆铃上　　　　B．飞到他耳朵上
C．待在他鼻梁上　　　　D．飞在他帽子上

904．悟空依照狮驼岭小妖模样变出,赶上与小妖搭话,小妖拿出一个牌,正面有（　　）几字。

A．"有来有去"　B．"小巡官"　C．"小钻风"　D．"巡山官"

905．在狮驼岭,悟空拔下一根毫毛也变出个金漆牌,上书三个真字（　　）,给小妖看。

A．"总钻风"　B．"总巡官"　C．"总司令"　D．"总队长"

906．假的总钻风开始考小妖,问狮驼岭大王有何本事,小钻风说大王能变化,大能（　　）。

A．吞宇宙　　B．撑天堂　　C．装星座　　D．吸干大西洋水

907．小钻风说二大王的鼻子似（　　）,被卷上,铁背铜身也玩完。

A．蚕蛹　　B．大蟒　　C．大象　　D．蛟龙

908．小钻风继续说三大王不是凡间怪物,名号云程万里鹏,随身宝贝叫（　　）。

A．阴阳二气瓶　B．聚宝瓶　　C．净瓶　　D．化脓瓶

909．悟空一下就结果了小妖,自己变作个（　　）,拿起他的令旗等物,去狮驼洞。

A．中钻风　　B．总钻风　　C．小钻风　　D．小道士

910．孙行者假扮小钻风把悟空的厉害一说,吓坏了许多妖精,还变作个（　　）撞了老妖。

A．麻苍蝇　　B．金苍蝇　　C．毒蚊子　　D．小铃铛

911. 悟空变的金苍蝇撞得老妖惊慌失措,他忍不住(　　),被第三个老妖识破了。

　　A. 嘻嘻笑出声来　　　　　B. 打个喷嚏
　　C. 哈哈大笑　　　　　　　D. 现出原形

912. 小钻风不承认自己是假的,大老妖也认为是真的,三怪却从他转身时(　　)认定假的。

　　A. 露出猴子姿态　　　　　B. 露出小尾巴
　　C. 露出红屁股　　　　　　D. 露出雷公嘴

913. 狮驼岭三怪抓住了孙悟空,妖精们自然盛宴庆祝,但是三怪要把孙悟空(　　)然后饮酒。

　　A. 先杀掉　　　　　　　　B. 捆紧吊起
　　C. 装入宝瓶　　　　　　　D. 装入梳妆盒里

914. 悟空在那阴阳二气瓶内命悬一线,想到三根(　　),变作工具钻穿瓶子,得了性命。

　　A. 救命毫毛　　B. 鬃毛　　C. 孔雀毛　　D. 小木棍

915. 回到狮驼岭师父处,商量让八戒助悟空降妖,八戒不肯,悟空说(　　),给我壮胆。

　　A. 一个好汉三个帮　　　　B. 放屁添风
　　C. 众人拾柴火焰高　　　　D. 路遥无轻担

916. 狮驼岭妖怪听说悟空厉害,无人敢出头,最后只有(　　)无奈拼着老命出阵。

　　A. 三老妖　　　　　　　　B. 二老妖
　　C. 三个老妖一起　　　　　D. 大老妖

917. 狮驼岭大老妖先砍两刀,悟空头皮也不红,第三刀下去把悟空(　　),那魔慌了。

　　A. 砍成两段　　B. 砍成三段　　C. 劈做两半个　　D. 砍死了

918. 狮驼岭大老妖在悟空和八戒夹攻下,晃一晃,张开大口要吞八戒,八戒急忙躲避,而悟空(　　)。

　　A. 跳到空中逃了　　　　　B. 被老妖一口吞了
　　C. 一棒把老妖打死　　　　D. 不敢上前

919. 狮驼岭上悟空被大老妖吞了,唐僧非常伤心,八戒没有解劝师父,马上要(   )。

　　A. 分行李回高老庄　　　　B. 去南海找观音
　　C. 上西天问如来　　　　　D. 进天庭求玉帝

920. 狮驼岭大老妖连喝七八盅毒酒,没想到全被悟空吃了,在他肚里(   ),老妖倒在地上。

　　A. 毒死了　　B. 摇晃　　C. 打瞌睡　　D. 撒酒风

921. 狮驼岭老妖哀告,悟空打算从他肚里出来,三怪叫老怪咬碎悟空,悟空就把(   ),老妖门牙迸碎了。

　　A. 毫毛变作身体出来　　　B. 金箍棒伸出
　　C. 毫毛变作精钢棍伸出　　D. 假装出来回进去

922. 在狮驼岭老妖肚里的孙悟空思考从何处出去,既安全又能拴住老妖,最后选定了(   )。

　　A. 耳朵　　B. 屁眼　　C. 鼻孔　　D. 肚脐

923. 悟空从狮驼岭老妖肚里出来,来到师父处,唐僧在痛哭,八戒与沙僧分好行李,悟空叫声师父,八戒说是(   )。

　　A. 猴子显魂　　B. 别人假扮　　C. 沙僧听错了　　D. 师兄回来了

924. 八戒听到狮驼岭二怪叫阵,就自告奋勇先战,且向悟空(   ),以防万一。

　　A. 借金箍棒用　　B. 借绳子用　　C. 讨教战法　　D. 保证擒妖

925. 八戒上阵战狮驼岭二怪,没几下就败下阵来,那绳子反而让他逃跑不利索,被(   )。

　　A. 绳子捆住了　　　　　　B. 三怪捉住了
　　C. 大怪打伤了　　　　　　D. 二怪鼻子卷走了

926. 悟空飞到被狮驼岭二怪捉住的八戒耳边,装作阴司勾魂鬼向他(   ),八戒真的偷偷攒了四两六分钱。

　　A. 索要盘缠　　B. 审问钱款　　C. 借用高利贷　　D. 推销股份

927. 狮驼岭二怪吃了苦头又得唐僧慈悯,回去与大怪均有放唐僧之意,三怪说正合他的(   )。

　　A. 美女计　　　　　　　　B. 里应外合之计

C. 调虎离山之计　　　　　D. 借刀杀人之计

928. 近了城池,狮驼岭三个妖怪与悟空他们三个和尚斗,小妖抢了唐僧进城,大家不敢惊吓唐僧,因为(　　)。

A. 吓死了肉不新鲜　　　　B. 一吓肉酸不中吃
C. 吓坏了肉变毒　　　　　D. 他们不吃死人

929. 狮驼岭三个老妖齐力抓住师徒四人,决定用(　　)的办法吃他们四个。

A. 蒸　　　B. 腌制　　　C. 炒　　　D. 烧烤

930. 在狮驼岭,悟空看到三人在蒸笼里不久就会丧命,又不能直接救人,只得叫来(　　)一直运冷气。

A. 北海龙王　B. 南海龙王　C. 东海龙王　D. 西海龙王

931. 将近三更,狮驼岭三个老妖想睡觉,十个小妖值班,悟空为防惊动老妖,放了十一个(　　)。

A. 毒蝎子　　B. 小毒蛇　　C. 瞌睡虫　　D. 蒙汗药

932. 第二次抓住唐僧,狮驼岭老妖很怕再被悟空偷走,因此把唐僧(　　)。

A. 抱住不放　　　　　　　B. 用绳子牵在手上
C. 按上铃铛　　　　　　　D. 与自己捆扎一起

933. 狮驼岭三怪设计将唐僧另外安置,小妖大街小巷传言唐僧已经被(　　),连八戒他们也信以为真。

A. 煮熟吃掉　B. 夹生吃掉　C. 杀了腌制　D. 先吃掉内脏

934. 悟空听到八戒和沙僧都说师父已经被狮驼岭妖怪吃掉,觉得前功尽弃,只能去西天(　　)。

A. 责问玉帝　　　　　　　B. 与如来算账
C. 自己成佛　　　　　　　D. 找如来解决问题

935. 从如来那里得知,狮驼山的三怪确实与如来(　　),别人难以降服。

A. 沾亲带故　　　　　　　B. 法力匹敌
C. 同胞兄弟　　　　　　　D. 没有任何关系

936. 狮驼岭上的三个妖怪确实厉害,最后还是(　　)才收服的。

A. 四海菩萨与龙王一起去　　B. 十万天兵天将来

C. 如来亲自出马　　D. 悟空九死一生

937. 师徒离开狮驼岭又见一座城池,乃小子城,墙下一个老军见了悟空即叫(　　)爷爷。

A. 祖宗　　B. 雷公　　C. 猴　　D. 大圣

938. 小子城,原名(　　),师徒一时不知何故改名,军爷也没说明。

A. 比丘国　　B. 比丘尼国　　C. 朱紫国　　D. 安南国

939. 来到小子城内,唐僧四人发现一个特别现象,家家门口都有一个(　　)。

A. 红灯笼　　B. 石狮子　　C. 鸭笼　　D. 鹅笼

940. 在比丘国悟空变作一个小蜜蜂,飞到鹅笼边,钻进幔里边,连看八九家,鹅笼里全是个(　　)。

A. 女孩子　　B. 男孩子　　C. 大灰鹅　　D. 大企鹅

941. 唐僧到了比丘国馆驿,询问驿站官吏为什么家家门前鹅笼里关个孩子,驿吏(　　)叫他别管。

A. 异常骄横　　B. 大声斥责　　C. 附耳低言　　D. 战战兢兢

942. 比丘国驿吏告诉唐僧,三年前一个老道士带着个小姑娘来,把姑娘进贡给陛下,其女(　　)。

A. 形容娇俊,貌若观音　　B. 外貌娇美,堪比西施

C. 妩媚俊美,闭月羞花　　D. 形容沉鱼落雁

943. 小子城国王精神倦怠,道人弄来海外秘方,药引子需要一千一百一十一个(　　)。

A. 小孩的眼珠　　B. 小孩的脾脏

C. 男孩的肾脏　　D. 小儿的心肝

944. 唐僧欲救比丘国全城小孩,悟空设计(　　),然后再视情而为,也不至于怪罪他们。

A. 先除掉国王　　B. 先放出鹅笼小孩

C. 先将小孩摄离此城　　D. 先观察有无妖怪

945. 第二天唐僧去比丘国王宫,悟空要随行,唐僧嫌他不肯行礼,悟空说他可以(　　)。

A. 变成小虫躲在他衣服上　　B. 不现身,暗中跟随
C. 变作小鸟飞到大殿里　　D. 变作苍蝇叮在龙椅上

946. 听说城中小儿全部失踪,比丘国王惊愕,可道人却喜,说有更强的药引子,那是(　　)。
A. 唐僧的心肝　　B. 唐僧肉
C. 唐僧的眼珠子　　D. 唐僧的腰子

947. 三藏听到比丘国道人要拿自己做药引子,哀告悟空怎么办,悟空说了句(　　)。
A. "天生我材必有用"　　B. "西方极乐路难行"
C. "若要好,大做小"　　D. "天涯何处无芳草"

948. 在比丘国,悟空施法,唐僧变作了悟空,悟空变作唐僧,假唐僧就跟随(　　)进宫去了。
A. 太医院官员　B. 宫廷侍卫　C. 御林军　D. 锦衣官

949. 在比丘国,假唐僧问要什么样的心做药引,道人说黑心,悟空拿起刀把肚皮剖开,(　　)。
A. 滚出一堆心来　　B. 掉下一颗心来
C. 滚出七颗七色心来　　D. 更不见一颗心

950. 悟空收了心,对比丘国昏君说和尚是一片好心,只有(　　),好做药引。
A. 王后是个黑心　　B. 国丈是个黑心
C. 奸相是个黑心　　D. 妖怪是个黑心

951. 比丘国国丈道人斗不过悟空,化作一道寒光落入王宫,把(　　),不知去向。
A. 正宫、东宫带出宫门　　B. 龙椅带出宫门
C. 国王带出宫门　　D. 妖后带出宫门

952. 据比丘国王说,妖道住在一座柳树坡的(　　)上。
A. 沙家浜　B. 槐树庄　C. 清华庄　D. 牛草庄

953. 在比丘国,悟空找到有九条叉枝的杨树,打开洞门,见石屏上有四个大字:(　　)。
A. "世外桃源" B. "清华仙府" C. "武陵仙源" D. "太虚幻境"

954. 悟空与八戒正赶那比丘国妖道,不意鸾鹤声鸣,(　　)来也。

　　A. 南极雪狐　　B. 北极熊　　C. 东方苍龙　　D. 南极老人星

955. 那个迷住比丘国王的妖娆美女,在悟空一棒之下现出原形,竟然是(　　)。

　　A. 金色凤凰　　B. 白面狐狸　　C. 斑斓锦鸡　　D. 雪色腊梅

956. 比丘国王向寿星祈求祛病延年之法,寿星拿出三个(　　),国王吞之,渐觉身退。

　　A. 金丹　　B. 人参丸　　C. 枣儿　　D. 桃子

957. 黑松林里,唐僧念经间忽闻救人之声,近前一看,大树上(　　),自称家住贫婆国。

　　A. 绑着一个女子　　　　B. 吊着一个女子
　　C. 悬着一个婴儿　　　　D. 系着一个老妇

958. 镇海禅林寺方丈跪在唐僧跟前,问如何安置那个女子,唐僧说明情况,方丈就(　　)。

　　A. 安排在大雄宝殿　　　B. 另外找个院落
　　C. 安排在寺外庵堂　　　D. 安排在天王殿

959. 师徒四人在镇海禅林寺里住了三日,悟空发现和尚情绪有异,一问才知这三天每天(　　)。

　　A. 有鬼叫声　　　　　　B. 有和尚失踪
　　C. 被妖怪吃掉三僧　　　D. 异光照射

960. 唐僧打算明天离开镇海禅林寺,悟空说今晚他要降妖,唐僧苦劝,悟空说(　　)他才同意。

　　A. 妖怪可能吃掉师父　　B. 妖怪已经吃了六僧
　　C. 除妖是佛家要义　　　D. 妖怪残害生灵

961. 妖怪晚上在镇海禅林寺里吃人,悟空变作个小和尚敲木鱼等着,二更时分闻得兰香,抬头见(　　)。

　　A. 一个美貌佳人　　　　B. 一个清纯小孩
　　C. 一个面容恐怖者　　　D. 一个奇丑无比者

962. 在镇海禅林寺,女子对小和尚说出后园交欢之事,悟空明白(　　),假意与她周旋。

A．好色之害　　　　　　B．妖怪诱人手段
C．寺内和尚被吃之由　　D．色空之理

963．在镇海禅林寺,妖怪使绊,悟空反绊她,他想抢得先机,正是(　　),先动手占优。

A．先下手为强,后下手遭殃　　B．后来者居上
C．前倨后恭　　　　　　　　　D．近水楼台先得月

964．妖怪斗不过悟空,丢下一只花鞋,真身一晃摄去三藏,进了陷空山(　　)。

A．盘丝洞　　B．无底洞　　C．清华洞　　D．水帘洞

965．悟空、八戒妖怪打得多了,总结出经验来:(　　),倒也有理。

A．要吃人的妖怪必然可爱　　B．凡是妖怪都是美女
C．山高原有怪,岭峻岂无精　　D．处处得留心

966．在陷空山,八戒变个黑胖和尚,询问小女妖为什么打水,女妖说老夫人摄了唐僧,需要这(　　)。

A．阴沟的毒水　　　　　B．真空里的纯净水
C．没有污染的山泉　　　D．阴阳交媾的好水

967．无底洞女妖定要与唐僧成婚,悟空变成(　　),唐僧摘了让妖精吞下。

A．红桃　　B．苹果　　C．雪梨　　D．椰子

968．悟空第三次进入无底洞,虽救不得师父,却被他拿到(　　),嘻嘻哈哈,笑声不绝。

A．除妖的秘诀　　　B．妖怪的命根子
C．李天王的牌位　　D．玉帝的特别通行证

969．悟空在玉帝处告了李天王御状,跟金星一起来到天王住宅(　　)。

A．绛云楼　　B．云楼宫　　C．怡红院　　D．快活林

970．李天王听说悟空告他御状,非常气愤,差点砍了悟空,哪吒劝阻且说出天王(　　)。

A．罪大恶极　　　　　　B．真的保护着个女妖
C．确实生了一个女妖　　D．确有个女儿在下界

971. 唐僧师徒继续前行,柳荫中一个老母对三藏说西进没路,前面是( ),专杀和尚。

　　A. 西凉国　　B. 英吉利　　C. 灭法国　　D. 天竺国

972. 向唐僧师徒警告前面是灭法国的老母与孩儿只有悟空法眼认出是( ),其他三人均没有看出。

　　A. 观音与善财　　　　　B. 王母与仙女
　　C. 贾母与宝玉　　　　　D. 王菲与李嫣

973. 悟空一人先来灭法国城里打探,看到一家写着"王小二店",还有( )六字。

　　A. "财源滚滚无止"　　　B. "安歇往来商贾"
　　C. "福禄寿三星照"　　　D. "福如东海无边"

974. 唐僧四人进了灭法国,在王小二对面找了客栈住下,就怕被人发现,只好一起睡在( )。

　　A. 楼上的雅室里　　　　B. 宽敞的仓库里
　　C. 一个黑黝黝柴房里　　D. 一个大柜子里

975. 灭法国的赵寡妇店里几个伙计通强盗,找来一群强盗,看到柜子很重以为( ),就抬走了。

　　A. 行囊财帛全在里面　　B. 里面有大量金银
　　C. 里面必有大量金币　　D. 里面存放珠宝

976. 当天夜里,悟空从柜子里出来,使了个法,把灭法国国王以下所有官员宫女( )。

　　A. 全部变成和尚　　　　B. 全部变成男子
　　C. 全部剃去头发　　　　D. 全部昏睡不醒

977. 唐僧他们被抬到灭法国王宫,国王已改变杀僧念头,求三藏改国号,悟空说改为( )。

　　A. 尊法国　　B. 扬法国　　C. 钦法国　　D. 真法国

978. 师徒四人来到隐雾山,中了( ),三个人各战一股妖兵,唐僧被老妖摄去了。

　　A. 趁火打劫计　　　　　B. 分瓣梅花计
　　C. 声东击西计　　　　　D. 欲擒故纵计

979. 隐雾山老妖把唐僧绑在后园,唐僧在伤心处,没想到还有一个( )也被摄来了。

A. 山中的樵子　　　　　　B. 国中的太子

C. 河边的渔夫　　　　　　D. 街上的小贩

980. 兄弟仨看到隐雾山折岳连环洞中妖怪抛出个人头,以为师父真的被妖怪吃了,一齐痛哭,( )。

A. 相互打起来　　　　　　B. 互相埋怨责怪

C. 泄了气,没了劲　　　　D. 埋了头,起了坟

981. 隐雾山老妖把门堵得严实,八戒打不开,悟空寻到后面见一条暗沟,变作( )挥入。

A. 穿山甲　　B. 水老鼠　　C. 大鲵　　D. 鲇鱼

982. 悟空探得隐雾山折岳连环洞虚实,用瞌睡虫将所有妖怪睡熟了,解救了师父,老妖被筑死后现出( )。

A. 印度象本相　　　　　　B. 孟加拉虎本相

C. 花皮豹子精本相　　　　D. 西北狼本相

二、多项选择题

120. 师徒来到近火焰山处,( )。

A. 沙僧认为此处是天尽头　　B. 八戒认为此处是天尽头

C. 沙僧认为天时不正　　　　D. 八戒认为天时不正

E. 两人并未说什么

121. 当地人向悟空介绍铁扇功能:( )。

A. 降温　　　　B. 熄火　　　　C. 生风

D. 下雨　　　　E. 雨止

122. 当地百姓欲得芭蕉扇需送这样一些礼物:( )。

A. 四猪四羊　　B. 花红表里　　C. 异香时果

D. 鸡鹅美酒　　E. 金银玉器

123. 悟空他们在火焰山遇到了这些妖怪:( )。

A. 铁扇公主　　B. 蝎子精　　　C. 牛魔王

D. 黑风怪　　　E. 玉面公主

124. 火焰山山神特别希望悟空成功,因为(　　)。
 A. 扇熄火焰可保西天取经
 B. 永除火患,可保地方生灵
 C. 赦他归天,回老君处
 D. 功德圆满,升官晋爵
 E. 完成佛祖给他使命

125. 牛魔王不肯借扇子给悟空是因为悟空(　　)。
 A. 夺了其子　　　B. 欺了其妾　　　C. 骗了其妻
 D. 打伤其妇　　　E. 偷了其坐骑

126. 牛魔王与孙悟空赌斗,它先后变出(　　)。
 A. 天鹅　　　　　B. 黄鹰　　　　　C. 白鹤
 D. 香獐　　　　　E. 大豹

127. 孙悟空针对牛魔王先后变出(　　)。
 A. 海东青　　　　B. 乌凤　　　　　C. 丹凤
 D. 饿虎　　　　　E. 金眼狻猊

128. 牛魔王败下阵来,四处逃跑却(　　)。
 A. 往北被泼法金刚拦住
 B. 向南被胜至金刚拦住
 C. 往东被大力金刚拦住
 D. 往西被永住金刚拦住
 E. 往中被迦叶尊者拦住

129. 火焰山熄火,(　　)特别感谢唐僧他们。
 A. 牛魔王　　　　B. 玉面公主　　　C. 罗刹女
 D. 火焰山神　　　E. 红孩儿

130. 师徒来到祭赛国,它原有如下国家朝贡:(　　)。
 A. 月陀国　　　　B. 高昌国　　　　C. 西梁国
 D. 本钵国　　　　E. 龟兹国

131. 在祭赛国金光寺扫塔的有(　　)。
 A. 沙僧　　　　　B. 悟空　　　　　C. 八戒
 D. 唐僧　　　　　E. 须菩提

132. 金光寺塔十三层上两个喝酒的妖怪叫(   )。
   A. 小钻风   B. 奔波儿灞   C. 有来有去
   D. 灞波儿奔   E. 机灵鬼

133. 金光寺塔顶饮酒的妖怪分别是(   )。
   A. 鳗鱼精   B. 蛇精   C. 鲇鱼怪
   D. 黑鱼精   E. 鲤鱼精

134. 九头怪与万圣公主偷了(   )这两样宝贝。
   A. 老君金钢琢   B. 王母蟠桃   C. 法门寺舍利子
   D. 金光寺舍利子 E. 王母九叶灵芝草

135. 到了碧波潭,悟空让小妖去报告,但(   )。
   A. 割了黑鱼怪的耳朵   B. 割了鲇鱼怪的耳朵
   C. 割了黑鱼怪的下唇   D. 割了鲇鱼怪的下唇
   E. 割了黑鱼怪和鲇鱼怪的耳朵和下唇

136. 帮助悟空打败九头怪的是(   )。
   A. 李天王   B. 二郎神   C. 哪吒
   D. 梅山六兄弟 E. 鹰犬

137. 荆棘岭上与唐僧谈诗的四人是(   )。
   A. 十八公   B. 喜墨翁   C. 孤直公
   D. 凌空子   E. 拂云叟

138. 木仙庵前的老树成精捉弄唐僧,它们有(   )。
   A. 老松树   B. 老柏树   C. 老桧树
   D. 老竹子   E. 老杏树

139. 看到小雷音寺,三藏告诉悟空四大名山:(   )。
   A. 文殊在五台山 B. 观音在普陀山 C. 普贤在峨眉山
   D. 地藏王在九华山 E. 弥勒在泰山

140. 入小雷音寺,唐僧师徒中(   )一步一拜。
   A. 唐僧   B. 悟空   C. 八戒
   D. 沙僧   E. 小龙

141. 唐僧的袈裟黑暗里能放光,因为上面有(   )。
   A. 如意珠   B. 摩尼珠   C. 舍利子

D．夜明珠　　　　　E．紫珊瑚

142．为了降服小雷音寺妖怪,(　　)等许多神仙来帮忙。

A．二十八星宿　　　B．北方真武　　　C．国师王菩萨

D．东来佛祖弥勒　　E．张天师道陵

143．黄眉老佛的几件宝贝原来是弥勒的(　　)。

A．后天袋子(人种袋子)　　　　　B．裤腰带

C．敲磬的槌　　　　　　　　　　D．金铙

E．鞋子

144．师徒来到七绝山,土人告诉唐僧柿子七绝:(　　)。

A．益寿　　　　B．多阴　　　　C．无鸟巢

D．无虫　　　　E．嘉实

145．七绝山老者见悟空样子就骂他:(　　)。

A．骨挝脸　　　B．磕额头　　　C．塌鼻子

D．凹颉腮　　　E．痨病鬼

146．七绝山上,悟空让大蟒吞下在其肚里做(　　)。

A．一只飞鸟　　B．一座桥　　　C．一条船

D．一个风筝　　E．一顶轿子

147．猪八戒有三十六般变化,可以变(　　)。

A．山　　　　　B．树　　　　　C．石块

D．水牛　　　　E．骆驼

148．悟空给朱紫国国王看病,太医说四要:(　　)。

A．望　　　　　B．闻　　　　　C．问

D．切　　　　　E．针

149．唐僧责怪悟空时列出几部古代医书:(　　)。

A．《素问》　　B．《难经》　　C．《本草》

D．《脉诀》　　E．《温热论》

150．悟空给朱紫国国王看了几个脉象:(　　)。

A．腕脉　　　　B．寸脉　　　　C．关脉

D．尺脉　　　　E．动脉

151．悟空给朱紫国国王制药用了这些料:(　　)。

A. 大黄　　　　　B. 巴豆　　　　　C. 锅灰

D. 马尿　　　　　E. 水银

152. 朱紫国内宫分为(　　)。

A. 乾清宫　　　　B. 金圣宫　　　　C. 银圣宫

D. 玉圣宫　　　　E. 坤宁宫

153. 朱紫国国王说赛太岁有神通:(　　)。

A. 放毒　　　　　B. 放水　　　　　C. 放烟

D. 放火　　　　　E. 放沙

154. 悟空来到金圣娘娘处看到两班妖怪:(　　)。

A. 妖狼　　　　　B. 妖狐　　　　　C. 妖鹿

D. 妖猪　　　　　E. 妖马

155. 悟空为了偷赛太岁的金铃,先后变出(　　)。

A. 有来有去　　　B. 痴苍蝇　　　　C. 春娇

D. 虱子　　　　　E. 虼蚤

156. 盘丝洞妖怪把唐僧吊个仙人指路:(　　)。

A. 头蒙住　　　　B. 一只手向前　　C. 一只手拦腰捆住

D. 两只脚向后　　E. 脊背朝上,肚皮朝下

157. 盘丝洞妖怪洗澡的是九阳泉之一,其余还有(　　)。

A. 香冷泉　　　　B. 伴山泉　　　　C. 温泉

D. 潢山泉　　　　E. 汤泉

158. 太白金星传信说狮驼岭上妖怪能耐大:(　　)。

A. 灵山五百阿罗迎其书信

B. 天宫十一大曜钦其书简

C. 四海龙王曾与其为友

D. 八洞仙常与其相会

E. 十地阎君与他兄弟相称

159. 狮驼岭的三个妖怪分别是(　　)。

A. 黄毛狮子　　　B. 青毛狮子　　　C. 黄牙老象

D. 大鹏雕　　　　E. 红毛狮子

160. 悟空恐吓狮驼岭三个妖怪说,孙行者要把(　　)

A. 大大王剥皮　　　B. 二大王剔骨　　　C. 三大王抽筋
D. 二大王腌制　　　E. 三大王清蒸

161. 狮驼岭三魔的阴阳二气瓶只要说话就会(　　)。
A. 人立刻变成冰棍
B. 满瓶都是火焰
C. 周围钻出四十条蛇来咬
D. 三条火龙上下盘旋
E. 浑身长满毒疮

162. 悟空在阴阳二气瓶里将三根救命毫毛变成(　　)。
A. 金刚钻　　　B. 竹片　　　C. 绵绳
D. 管子　　　E. 钳子

163. 经斗法后,狮驼岭上(　　)两魔决定放唐僧走。
A. 三魔　　　B. 二魔　　　C. 大魔
D. 大魔和三魔　　　E. 二魔和三魔

164. 狮驼岭妖打算把四人蒸熟,次序是:(　　)。
A. 八戒最上一格　　　B. 八戒底下一格　　　C. 沙僧底下二格
D. 悟空底下三格　　　E. 唐僧最上一格

165. 悟空扮作小妖进狮驼城,以为师父没了,因为(　　)。
A. 老魔当面告诉他的
B. 三魔告诉他的
C. 满城人都说唐僧被夹生吃了
D. 八戒说师父被夹生吃了
E. 沙僧说师父被夹生吃了

166. 降服狮驼岭妖怪需要(　　)这些人出马。
A. 普陀山观音菩萨　　B. 佛祖如来　　　C. 五台山文殊菩萨
D. 峨眉山普贤菩萨　　E. 九华山地藏王菩萨

167. 如来派(　　)两个徒弟去找文殊和普贤。
A. 须菩提　　　B. 目犍连　　　C. 舍利弗
D. 迦叶　　　E. 阿难

168. 佛祖如来的光环里常常显出(　　)三尊像代表。

A. 天上　　　　　B. 过去　　　　　C. 地下
D. 现在　　　　　E. 未来

169. 悟空为搭救比丘国小孩,叫来许多神祇,有（　　）。
A. 城隍　　　　　B. 土地爷　　　　C. 社令
D. 真官　　　　　E. 护教伽蓝

170. 在比丘国,唐僧听到妖怪要拿他的心做药引吓得（　　）。
A. 三尸神散　　　B. 七窍生烟　　　C. 倒在尘埃
D. 浑身是汗　　　E. 眼不定睛

171. 在比丘国,悟空假扮唐僧,用牛耳短刀取出一堆心:（　　）。
A. 红心　　　　　B. 白心　　　　　C. 黄心
D. 黑心　　　　　E. 狠毒心

三、判断题

176. 孙悟空来到芭蕉洞,高喊牛大哥;此时铁扇公主与牛魔王听到"孙悟空"三个字,怒火中烧,三个立刻大战起来。（　　）

177. 悟空拿到真铁扇得意洋洋往回走,半途遇到猪八戒,牛魔王假扮的八戒要帮悟空扛扇子,悟空就给了,冲昏头脑的火眼金睛此时迷茫了。（　　）

178. 铁扇公主又名罗刹女,罗刹女的名字在佛经也有,其实她原来是个专吃人家孩子的恶魔,后来经佛祖感化觉悟变成保护天下儿女的母亲。（　　）

179. 圣婴大王红孩儿是牛魔王与玉面公主唯一的儿子,掌上明珠,心头之肉。（　　）

180. 火焰山的熊熊大火最后被"纯阴宝扇"（铁扇）熄灭了,而且也只有这纯阴之物才能熄灭这火,这是中国传统的"阴阳"思想的体现。（　　）

181. 看到前面一座城池,悟空认定是个帝王之所,因为四面有十几座门,周围有百十余里,这是根据中国古代城市建筑规制的常识确定的。（　　）

182. 师徒在祭赛国街上遇见一些披枷带锁的和尚,众僧都对唐僧

他们说有些面善,原来他们梦中确实依稀见过,这完全是迷信。( )

183. 唐僧在祭赛国金光寺决定扫塔,这佛塔按层级分有三十七重、十七重、十五重、十三重、九重、七重、五重、三重等,没有双数层的。( )

184. 审问金光寺顶上的小妖才知,附近碧波潭龙王及其女婿知道唐僧他们要经过此地且知悟空专找妖怪麻烦,小妖前来侦查,以便除掉悟空。( )

185. 唐僧丰姿伟岸处处受人喜爱,可悟空等徒弟却让人不是惊骇就是恐惧,每至此悟空总以"人不可貌相,海水不可斗量"之类来释人之异见。( )

186. 碧波潭的九头怪说自己偷祭赛国国宝,悟空自去取经,两不相干,而孙悟空认为妖精干坏事他就得管,这体现了孙悟空的社会责任感。( )

187. 九头怪把八戒捉住了关了起来,悟空一时也不知如何取胜,只好去上天请了二郎神、哪吒来帮助,剿灭了碧波潭的妖怪。( )

188. 扫除了九头怪,孙悟空故伎重演,假扮老龙王从万圣公主那里骗了佛舍利和九叶灵芝草,八戒把公主一钯筑死了。( )

189. 祭赛国佛宝归塔,国王非常感谢,唐三藏说"金光"二字名塔不吉利,光是流动之物,不如改寺名为"伏龙寺",国王立命改了寺名。( )

190. 木仙庵的老松树精,名十八公者,用的是拆字法;号劲节公,是根据松树的品格来命名的。( )

191. 木仙庵的老竹竿精,虚心黛色,号拂云叟,是根据竹子中空的特点和伟岸的品格命名的。( )

192. 木仙庵的老柏树精,霜姿丰采,号孤直公,是依据柏树坚硬挺直的特点命名的。( )

193. 唐僧在木仙庵与四老相谈甚欢,这些精怪好像道行高深,透悟人性物理禅境,可最后要唐僧与杏仙成就好事,启发人不能仅看外部表现。( )

194. 师徒来到一处寺院山门前,唐僧看到"雷音寺"三字,慌得滚下

马,悟空看到"小雷音寺"四字,其中的差异当是唐僧的崇拜心理作怪。( )

195. 小雷音寺所处叫作小西天,其中妖怪假扮如来及金刚、罗汉、揭谛、菩萨等,由此可见人类社会几乎没有什么不能作假。( )

196. 在陀罗庄,老李说起该庄已经先后请过和尚与道士来除妖,可是最后倒贴了钱还带来麻烦,这情节主要是表现老李不想请悟空除妖之意。( )

197. 陀罗庄的老李听悟空说能够降妖,就请了庄内八九位老者来,要写好文书字据,这其实是怕悟空他们吃了饭除了妖一走了之,无法酬谢。( )

198. 悟空正与陀罗庄老人们商议除妖之事,突然呼呼风响,天空中出现隐隐的两盏灯,那是黑夜里妖怪用来照路寻找目标的。( )

199. 进了朱紫国城,唐僧看到"会同馆"三字就领徒弟进去,这是小说作者为明代人的标志之一,明代接待各国使者的地方就叫"会同馆"。( )

200. 在会同馆三兄弟自己做饭,缺少调料,悟空叫八戒去,八戒不肯;悟空就说要上街买东西请八戒的客,沙僧不明悟空真意,叫八戒跟去。( )

201. 在朱紫国,八戒跟着悟空到了街上,正巧朝廷贴求医皇榜,而八戒运气不好,皇榜被风吹到八戒身上,太监、卫士认定八戒揭榜,抓去给国王治病。( )

202. 听说孙悟空揭了为朱紫国国王治病的榜文,唐僧与八戒都不信他能治好国王的病,因为悟空虽给人看过病,但御医都治不好国王,料想悟空更无法。( )

203. 给朱紫国国王看病时,悟空说:第一望他神气色,润枯肥瘦起和眠;第二闻声清与浊,听他真语及狂言;三问病原经几日,如何饮食怎生便;四才切脉明经络,浮沉表里是何般。一般官员都骂悟空唐突,而太医院医官却听出门道,因为悟空所言正是传统中医的"望、闻、问、切"四字诀。( )

204. 朱紫国国王被悟空的相貌和声音吓破了胆,催促他早些走,不

过悟空提出可以悬丝诊脉,可以不见面诊断,国王觉得不见就行,同意他看。( )

205. 孙悟空在市场上已听到民众的一些议论,对朱紫国国王的诊断早就成竹在胸,切脉之后,很迅速地诊断:双鸟失群之症。国王很以为是。( )

206. 太医院医官问用什么药给国王治病,悟空说见药就要,即要八百八种药,每种药三斤,大家感到奇怪,而悟空以此表现出与众不同。( )

207. 悟空给朱紫国国王治病用"无根水"做药引,那水虽然都是天上掉下的,但无根水必须是没有沾地的水。这是洁净的水,泡茶也是最好。( )

208. 朱紫国国王病体一经用药明显好转,非常高兴,盛情款待唐僧师徒,频频给悟空敬酒,八戒看到难以忍受,就差点把马尿、锅灰的药料漏出来。( )

209. 当悟空与朱紫国国王在避妖楼谈论之际,赛太岁就出现在都城上空,孙悟空即上前询问并与他大战,把他的武器打成两截,妖怪逃命回去。( )

210. 赛太岁因为要取两名宫女而未果,就派心腹小校小钻风前去送战书,欲与国王决战,占领其城池,夺其天下,小钻风即被悟空打死。( )

211. 孙悟空把有来有去打死后拿了战书等物回城,把尸体摔在地上,金銮殿上八戒立马把妖怪尸体筑了一钯说:此是老猪之功!( )

212. 见过赛太岁,孙悟空假扮有来有去到金圣娘娘那儿报告,没想到娘娘正在众丫鬟陪伴下欣赏歌舞,看到这个小妖没有礼貌很是生气。( )

213. 孙悟空向金圣娘娘打听赛太岁的宝贝,她告诉悟空妖怪有个金铃:摇一摇放出三百丈火光;摇二摇三百丈烟光熏人;摇三摇三百丈黄沙。( )

214. 金圣娘娘问悟空如何再把宝贝骗来,悟空说了两句话,都讲一个意思:断送一生惟有酒;破除万事无过酒。这是总结酒的害处。( )

215. 赛太岁料想敌不过孙悟空,就回去拿金铃,金圣娘娘知道这个金铃是假的就爽快给了赛太岁,他转回身与悟空继续大战。（　）

216. 赛太岁说:"太清仙君道源深,八卦炉中久炼金。结就铃儿称至宝,老君留下到如今。"悟空说:"道祖烧丹兜率宫,金铃搏炼在炉中。二三如六循环宝,我的雌来你的雄。"两人讲各自金铃来历完全相同,但是金铃性别不同。（　）

217. 赛太岁被悟空打得无处逃生,此时观音现身收服妖怪,悟空不敢再打妖怪,因为那是观音的坐骑,来此为怪恰是国王曾经伤害过菩萨的孔雀。（　）

218. 盘丝洞七个女妖一个个跳入温泉,悟空想只要一棍下去七个妖怪就一命呜呼;不过这样不好玩,还是把他们衣服弄走,看她们怎么起来!（　）

219. 盘丝洞女妖听到天蓬元帅大名吓得魂飞魄散,个个哀告求饶,八戒并无怜香惜玉之心,与她们在温泉中嬉戏一番后,抡起钉耙把女妖筑死。（　）

220. 师徒进入黄花观二门,但见一春联:"黄牙白雪神仙府,瑶草琪花羽士家",显然是道士之所,黄、白即金丹之谓,羽士即轻举登仙之士。（　）

221. 黄花观主本无害唐僧之意,但经不起七个女妖的恳求和诉冤,决意毒死唐僧师徒,扔掉其尸体方解其恨。（　）

222. 孙悟空在黄花观因为看到观主给他们的茶与他自己的茶不同,顿生怀疑之心,立即要与老道换茶,老道不肯,悟空才确定茶有问题。（　）

223. 悟空从土地那里得知这七个女妖的来历,就用毫毛变出七十个小悟空,拿着铁棒把蛛丝搅尽,而观主不愿救她们,即被悟空打死。（　）

224. 黄花观主与悟空斗了好一阵渐觉不济,脱掉衣服,肚脐眼里放出万道金光,把悟空罩住,悟空只能变个穿山甲逃走。（　）

225. 逃离黄花观,孙悟空正在无奈之际,忽听背后有人啼哭,乃一个妇人,他告诉悟空降服老道之人,此乃观音菩萨现身。（　）

226. 毗蓝婆降服了百眼魔君,八戒要筑死此怪,被毗蓝婆阻止了;悟空因为黎山老姆预先告诫,所以没有打此妖怪。( )

227. 毗蓝婆降服百眼魔君的武器仅仅是一枚绣花针,而此针是其儿子昴日星官眼里炼成的,不是普通绣花针。( )

228. 遇到摩天高山唐僧害怕,悟空借用古语说"山高自有客行路,水深自有渡船人",表示困难再大总会有解决的办法。( )

229. 师徒在高山行了几里,看到一位老者,鬓发蓬松,白发飘揺,胡须稀朗,银丝摆动,项上挂一串珠子,手持龙头拐杖,此人是太白金星。( )

230. 太白金星前来报信说此山叫狮驼岭,有三个妖魔,几万个小妖,悟空听了不以为意,八戒听了战战兢兢,屁滚尿流,瘫倒地上。( )

231. 那个报信的太白金星,起先唐僧师徒都不知他是谁,八戒还以为他是妖怪,专门来恐吓他们,待孙悟空来到半空才弄清楚是李长庚。( )

232. 狮驼岭上,孙悟空变作苍蝇飞到小妖的帽子上,没想到小妖竟然知道悟空的变化,悟空只好现出原形,把小妖打死了。( )

233. 孙悟空得知巡山的小妖是小钻风,就自己拔了毫毛变出金漆牌,写着"总钻风"字样,很顺利地掌握着这些小妖,指挥他们巡山。( )

234. 小钻风真的以为面前的是总钻风,极力表现自己,悟空忽悠他介绍三个魔头的特点和专长,他说三魔最厉害,有个净瓶能装四海之水。( )

235. 假扮总钻风的孙悟空仔细盘问小妖有关三个妖魔的详细信息,并未引起小妖怀疑,因前面有个伏笔,老妖已警示悟空可能伪装后混进来。( )

236. 打死小钻风等小妖后,悟空有些不忍,因为他曾经听小钻风自言自语,发现这个小妖良心尚未泯灭。( )

237. 狮驼岭上的三个妖魔中只有三魔想吃唐僧肉,大魔、二魔本无此念头,听了假小钻风夸张孙悟空的状况,大魔吓得浑身是汗。( )

238. 孙悟空假扮小钻风混入妖洞非常成功,可惜他看到妖魔被他

吓得惊慌失措忍不住笑出声来,因此露出原有嘴脸,被三魔发觉。( )

239. 狮驼岭大魔张口要吞八戒,八戒慌忙钻入草丛;悟空赶上就被他吞进肚里,八戒逃回去报告师父说悟空被大魔吞掉了,三藏吓倒在地。( )

240. 孙悟空被狮驼岭大魔吞掉后,唐僧一个劲地哭,八戒见状叫沙僧拿了行李两人分了各自回去,唐僧更加放声大哭。( )

241. 狮驼岭大魔想用药酒杀了孙悟空,接连喝了七八盅,可是毫无感觉;悟空喝了兴高采烈,一番捣腾,想把老妖折腾死。( )

242. "大慈大悲齐天大圣菩萨!"这是把孙悟空吞进肚里却被悟空折磨得要死的妖魔无奈的呼唤。( )

243. 孙悟空饶了狮驼岭大魔的命,取得他们承诺送师父过山,就回到师父身边,却看到师父在地下打滚痛哭,八戒与沙僧已经分好两份行李。( )

244. 悟空从狮驼岭大魔肚子里出来后,落下云头,悟空叫声师父,沙僧听见抱怨八戒说师兄死了,八戒强辩说是悟空显灵了,大家都失去了对八戒的信任,八戒立刻写了忏悔书。( )

245. 狮驼岭大魔吃了孙悟空的亏不敢再斗,二魔却不服气,还要再斗;这次八戒出战,却斗不过二魔,被他的鼻子卷走了。( )

246. 八戒被抬进狮驼岭妖洞,悟空变个蟭蟟虫飞进去,变了声音叫他,说地府阎王要勾他魂,送些钱可晚一点勾,八戒就只好说出藏私房钱的所在。( )

247. 狮驼岭二魔把悟空身子卷住,鼻子被悟空金箍棒乱打,八戒提醒他擤鼻子,妖怪吃不消放开悟空,被悟空反转拖住。( )

248. 狮驼岭的大魔、二魔吃了苦头都愿意送唐僧过山,三魔听了又设计出一个计谋,以送为名,使得师徒四人首尾不能相顾,擒住唐僧。( )

249. 三个魔头与三个和尚一对一缠斗多时,众小妖抓了唐僧,抢了行李进入狮驼国城中,看到唐僧吓坏了,小妖们哈哈大笑。( )

250. 师徒四人被狮驼国妖怪全部抓住,并要蒸熟了吃,悟空听大魔说不好蒸的放在最底一层,就说他们是雏儿不是把式,因为不懂蒸的常

识。（　　）

251. 在狮驼国，眼看烈火腾腾，师父等很快被蒸烂，悟空念了"唵蓝净法界，乾元亨利贞"口诀，召来北海龙王释放冷风，保护师父等。（　　）

252. 孙悟空回狮驼国打探消息，都说唐僧已被妖怪夹生吃了，找到八戒、沙僧也这么说，这其实是三魔的诡计，欲绝了悟空救师父的念头。（　　）

253. 听到师父已被狮驼国妖怪吃掉，自己前功尽弃，悟空以心问心，埋怨起如来，如果有心劝善直接送去东土得了，只是舍不得送就让人苦历千山。（　　）

254. 狮驼岭的三个妖魔是狮王、象王和大鹏，其中的大鹏论关系是如来亲戚，如来可以说是他的外甥。（　　）

255. 大鹏金翅雕不愿被如来困住，他觉得做妖怪吃人肉自由自在，而皈依佛教则持斋把素，极贫极苦，只是被强迫皈依。（　　）

256. 师徒来到一城池，询问得知此地原叫比丘国，现更名小子城，八戒说："是比丘王崩了，新立王位的是个小子，故名小子城。"唐僧以为有理。（　　）

257. 比丘国王得一怪病，检尽良方无法医治，国丈去十洲、三岛采集药物，需要一千一百一十一个小女孩的心肝煎汤服用，确保病除且能延寿至一万岁。（　　）

258. 唐僧想救比丘国全城小孩却又无法，悟空告诉他明天一起进朝，如若国丈是妖怪就除了妖，救下那些孩童，唐僧立即反而对悟空行礼。（　　）

259. 唐僧、八戒和沙僧在悟空出去救孩童时候，一齐念"南无观世音菩萨，南无观世音菩萨！"大家齐心救比丘国的孩子。（　　）

260. 悟空拘得比丘国的城隍、土地、真官等神祇，把鹅笼摄出城，给孩子一些果子、巧克力吃，拿变形金刚等玩具给他们玩，不能有声音。（　　）

261. 比丘国金銮殿上国王听到做药引的小孩被风吹走，又惊又恼，而国丈道人却欣喜，因为他已经看到一个更好的药引了。（　　）

262. 听到比丘国王要拿唐三藏做药引，悟空想出一个计策，让沙僧

扮作唐僧,悟空扮作沙僧跟随,进入金銮殿一起除妖。( )

263. 在比丘国馆驿,唐僧听说悟空已经在宫中现出本相,在空中降妖,拍手称快,放下心来了。( )

264. 比丘国除了妖怪,国王举行盛宴,唐三藏、南极寿星由国王陪着,坐首席;悟空、八戒、沙僧由三位太师陪着,坐次席。( )

265. 比丘国王宴请唐僧与寿星等,席散时国王跪求祛病延年之法,寿星说这次匆忙没有准备,只有三个枣儿给国王吞下,国王顿觉身轻病退。( )

266. 在一个大黑松林,唐僧看到大树上绑着一个女子,"有沉鱼落雁之容","有闭月羞花之貌",这两句是古代小说常用来形容女子美貌的。( )

267. 在镇海禅林寺,两个小喇嘛跑出去见行者跌了一跤;见八戒又一跌;爬起来逃跑对唐僧说:你的徒弟不见,只有三四个妖怪在那门首!( )

268. 悟空说除了妖就走,唐僧说:"与方便时行方便,得饶人处且饶人。操心怎似存心好,争气何如忍气高。"言下之意不要打妖,以免危害自己。( )

269. 唐僧的父亲陈光蕊任职途中被强盗杀害,官职被刘洪顶替,妻子被他夺去,这种今天不时出现于媒体的现象看来古已有之。( )

270. 到陷空山,八戒前去打探,看到两个女怪就叫"妖怪",没想到吃了一阵杠子;第二次去变成黑胖和尚,称呼"奶奶",得到了师父消息。( )

271. 悟空进入无底洞,探寻到妖怪所在,见她高坐草亭上,绽破樱桃,喜滋滋地叫:"……"这"樱桃"是指大嘴巴。( )

272. 孙悟空战无底洞的妖怪,第一次变成虫子被妖怪弹掉;第二次变成红桃,虽然得手但出了洞唐僧又被妖怪抓回;直到第三次才找到李天王这个根由,与哪吒一起降服了妖怪。看来欲成功一事必得有屡败屡战的精神,并不断总结、改进方法。( )

273. 唐僧在无底洞听到悟空变了苍蝇叫他,说悟空胆太大了,别人胆大是天包胆,悟空胆大是胆包天。( )

274. 悟空第三次进无底洞一时难以找到妖怪,后来看到供桌上金字牌:尊父李天王位、尊兄哪吒三太子位,知道妖怪的根由与降妖的办法了。（ ）

275. 李天王听到悟空告他状就抡刀砍悟空,却被哪吒用剑架住,李天王见状非但没喝退反而大惊失色,原来哪吒幼时闯祸李天王欲杀掉他,而哪吒割肉还父剔骨还母,早无实质的父子关系,担心哪吒乘机行凶。（ ）

276. 无底洞的妖怪有三个名字:金鼻白毛老鼠精,因偷吃香花宝烛改名半截观音,现在下界又改为地涌夫人。（ ）

277. 离开陷空山,师徒走上柳荫道,见一个老母右手搀着个小孩,对唐僧高叫:和尚赶快拨马东回,前面是灭法国,专等四个和尚凑满一万。那老母是黎山老姆,小孩是昴日星官。三藏听了非常害怕,战战兢兢。（ ）

278. 悟空冒险先来到灭法国"王小二店","借"了些俗家衣衫回来给师父他们穿上；一起进城住进了王小二店斜对面的"赵寡妇店"。（ ）

279. 师徒四人进了灭法国客栈,唯恐露出光头被人察觉,结果都睡在一个大箱子里面,外加上锁,连店主叹道:忒小心了！露出个光头又怎样？（ ）

280. 在灭法国,孙悟空常常无事生非,四人在一个大箱子里却与八戒唠叨说贩马已经赚了上万两银子,引得店主起了黑心,招呼强盗把他们抬走了。（ ）

281. 在灭法国,师徒四人被强盗抬走后恰巧被官兵截住,唐僧埋怨悟空,悟空钻出箱子,使出"大分身普会神法",变出许多小行者,把王宫众人统统剃去头发。（ ）

282. 灭法国国王请悟空帮助改国名,行者谦让三藏,唐僧就改了一个字,把"灭"改成"钦",这样就叫"钦法国"。（ ）

283. 乌巢禅师的《多心经》颂子:"佛在灵山莫远求,灵山只在汝心头。人人有个灵山塔,好向灵山塔下修。"三藏说千经万典只是修心。（ ）

284. 在隐雾山,悟空早见一个妖精在兴风吐雾,本可以直接突袭结果妖精,但他不愿暗算要做豪杰,后来上当,连唐僧都被妖怪捉住了。( )

285. 连环洞里,妖怪先用假人头骗孙悟空他们唐僧已经被吃掉了,接着就讨论吃法,煎吃、蒸吃、煮了吃、腌制了吃,真是羊羔虽好,众口难调。( )

一、单项选择题

665.C **666**.B **667**.D **668**.A **669**.C **670**.B **671**.A **672**.D
673.B **674**.C **675**.A **676**.B **677**.D **678**.C **679**.B **680**.A
681.D **682**.B **683**.A **684**.C **685**.D **686**.D **687**.A **688**.D
689.C **690**.D **691**.A **692**.C **693**.B **694**.D **695**.A **696**.B
697.C **698**.D **699**.B **700**.A **701**.C **702**.D **703**.C **704**.D
705.A **706**.C **707**.B **708**.A **709**.D **710**.C **711**.A **712**.B
713.D **714**.C **715**.D **716**.A **717**.D **718**.B **719**.A **720**.C
721.B **722**.A **723**.D **724**.A **725**.C **726**.B **727**.A **728**.D
729.C **730**.D **731**.B **732**.A **733**.C **734**.D **735**.A **736**.D
737.D **738**.B **739**.C **740**.A **741**.D **742**.C **743**.B **744**.A
745.C **746**.D **747**.C **748**.B **749**.D **750**.C **751**.B **752**.D
753.A **754**.D **755**.B **756**.A **757**.D **758**.B **759**.C **760**.A
761.B **762**.C **763**.C **764**.B **765**.A **766**.D **767**.B **768**.C
769.A **770**.B **771**.D **772**.C **773**.C **774**.B **775**.A **776**.D
777.C **778**.A **779**.C **780**.D **781**.C **782**.A **783**.C **784**.B
785.A **786**.C **787**.D **788**.B **789**.A **790**.C **791**.A **792**.D
793.B **794**.D **795**.C **796**.D **797**.B **798**.D **799**.C **800**.A
801.D **802**.B **803**.A **804**.C **805**.B **806**.A **807**.B **808**.C
809.D **810**.A **811**.D **812**.A **813**.B **814**.D **815**.C **816**.A
817.D **818**.C **819**.C **820**.B **821**.A **822**.C **823**.B **824**.D
825.C **826**.A **827**.D **828**.B **829**.C **830**.A **831**.B **832**.D

833. C 834. B 835. A 836. D 837. B 838. C 839. D 840. A
841. B 842. D 843. C 844. A 845. D 846. B 847. C 848. D
849. A 850. B 851. D 852. C 853. A 854. D 855. B 856. C
857. D 858. A 859. C 860. B 861. D 862. C 863. A 864. D
865. B 866. A 867. C 868. D 869. A 870. B 871. C 872. A
873. D 874. B 875. A 876. C 877. B 878. D 879. A 880. B
881. C 882. D 883. B 884. A 885. C 886. B 887. D 888. A
889. B 890. C 891. D 892. B 893. A 894. C 895. B 896. D
897. A 898. B 899. C 900. D 901. B 902. A 903. D 904. C
905. A 906. B 907. D 908. A 909. C 910. B 911. A 912. D
913. C 914. A 915. B 916. D 917. C 918. B 919. A 920. D
921. B 922. C 923. A 924. B 925. D 926. A 927. C 928. B
929. A 930. A 931. C 932. A 933. B 934. D 935. A 936. C
937. B 938. A 939. D 940. B 941. C 942. A 943. D 944. C
945. B 946. A 947. C 948. D 949. A 950. B 951. D 952. C
953. B 954. D 955. B 956. C 957. A 958. D 959. C 960. B
961. A 962. C 963. A 964. B 965. C 966. D 967. A 968. C
969. B 970. D 971. C 972. A 973. B 974. D 975. A 976. C
977. C 978. B 979. A 980. D 981. B 982. C

二、多项选择题

120. BC 121. BCD 122. ABCD 123. ACE 124. ABC
125. ABC 126. ABCDE 127. ABCDE 128. ABCD 129. CD
130. ABCD 131. BD 132. BD 133. CD 134. DE
135. AD 136. BDE 137. ACDE 138. ABCDE 139. ABCD
140. ACD 141. ABCDE 142. ABCD 143. ACD 144. ABCDE
145. ABCDE 146. BC 147. ABCDE 148. ABCD 149. ABCD
150. BCD 151. ABCD 152. BCD 153. CDE 154. BC
155. ABCDE 156. BCDE 157. ABCDE 158. ABCDE 159. BCD
160. ABC 161. BCD 162. ABC 163. BC 164. BCDE
165. CDE 166. BCD 167. DE 168. BDE 169. ABCDE

170. ABCDE **171.** ABCE

三、判断题

176. 错 **177.** 对 **178.** 对 **179.** 错 **180.** 对 **181.** 对 **182.** 错
183. 对 **184.** 错 **185.** 对 **186.** 对 **187.** 错 **188.** 错 **189.** 错
190. 对 **191.** 对 **192.** 对 **193.** 对 **194.** 对 **195.** 对 **196.** 错
197. 错 **198.** 错 **199.** 对 **200.** 错 **201.** 错 **202.** 错 **203.** 错
204. 错 **205.** 错 **206.** 对 **207.** 对 **208.** 错 **209.** 错 **210.** 对
211. 错 **212.** 错 **213.** 错 **214.** 错 **215.** 对 **216.** 对 **217.** 错
218. 错 **219.** 错 **220.** 错 **221.** 对 **222.** 对 **223.** 错 **224.** 错
225. 错 **226.** 对 **227.** 对 **228.** 对 **229.** 错 **230.** 错 **231.** 错
232. 错 **233.** 对 **234.** 错 **235.** 对 **236.** 对 **237.** 对 **238.** 对
239. 错 **240.** 对 **241.** 错 **242.** 错 **243.** 对 **244.** 对 **245.** 对
246. 对 **247.** 错 **248.** 对 **249.** 对 **250.** 对 **251.** 对 **252.** 对
253. 对 **254.** 错 **255.** 错 **256.** 对 **257.** 错 **258.** 错 **259.** 对
260. 错 **261.** 错 **262.** 错 **263.** 对 **264.** 对 **265.** 对 **266.** 对
267. 对 **268.** 对 **269.** 错 **270.** 对 **271.** 错 **272.** 对 **273.** 对
274. 对 **275.** 错 **276.** 对 **277.** 错 **278.** 错 **279.** 对 **280.** 错
281. 对 **282.** 对 **283.** 对 **284.** 错 **285.** 对

七、历尽九九难,终至脱胎境

(第八十七—第九十九回)

内容简介

这是师徒四人在天竺境内的旅途,主要是完成取经与修心大业,共13回。主要内容有:1. 凤仙郡释雨(1回);2. 玉华县降狮精(3回);3. 金平府降服犀牛怪(2回);4. 舍卫国降玉兔(3回);5. 地灵县辩冤(2回);6. 灵山脱胎(1回)。这是接近成佛的关键阶段,所以其中的妖魔多与唐僧或悟空他们自身内心之不净有关,是真正修心的阶段。

凤仙郡一回情节与除妖无关,但是表现了作者对道教的肯定。郡侯本是清廉爱民的好官,但因不敬玉帝(道教神祇)而遭三年连续无雨的报应。玉华县被夺兵器一事,按照广目天王说法是孙悟空他们好为人师所招,这应佛教的意念之罪;金平府的灾难,据时值功曹所言乃唐僧贪观灯节所致,这也是属于欲念之罪;第九十六回开篇诗词云:"色色原无色,空空亦非空。静喧语默本来同,梦里何劳说梦。 有用用中无用,无功功里施功。还如果熟自然红,莫问如何修种。"从此处可见作者对禅理相当有解;在凌云渡,悟空走过独木桥,而八戒怎么也不敢,可见其修心功力不足;唐僧上了无底船,看到自己的尸体,悟空说是原来的唐僧,表明觉悟之路是"新我"换"旧我";如来对玄奘说的"三藏"是法、论、经,内容是谈天、说地、度鬼,显然与佛家知识不合,不知何因;无字真经与有字真经问题,一则学界普遍以为暴露佛教灵境也铜臭无比,二则释迦牟尼确实不希望将自己的思想以文字记录传授,这其实符合需要领悟的思想不需要文字,而文字本身又难以准确传达高深的思想的理念。

这几回中最显著的特点是想象奇特。凤仙郡一回,鸡啄米山、狗舔面山、火燎锁梃,真新鲜之至;四众渡独木桥、无底船,既险又难,作者之思奇特。

自我检测

一、单项选择题

983. 师徒来到凤仙郡,属于( ),因连年干旱正招求法师求雨。

　　A. 天竺外郡　　B. 朱紫国　　C. 月氏国　　D. 大夏国

984. 在凤仙郡,悟空劝善全郡,求得甘霖,解除旱情,郡里起一生祠,三藏起名( )。

　　A. 灵隐寺　　B. 甘霖普济寺　C. 国清寺　　D. 龙华寺

985. 离开凤仙郡,不久见城垣影影,问路上老者才知此处是天竺国下郡( )县。

　　A. 丹阳　　B. 吴兴　　C. 凤翔　　D. 玉华

986. 四人进入玉华城边街道,路人奇怪,齐叫只有降龙伏虎的高僧,不曾见( )的和尚。

　　A. 人身狮面　　B. 人声猪面　　C. 降猪伏猴　　D. 人身鱼尾

987. 唐僧他们在玉华王府用了斋,三个小王子看到悟空他们的雄威,立即( )。

　　A. 吓得面无人色　　　　B. 要拜悟空三人为师

　　C. 吓得魂飞魄散　　　　D. 非常羡慕

988. 玉华府王子要学艺,招工匠打造类似兵器,当夜神器发光,惊动( )妖精艳羡,被收去了。

　　A. 豹子山　　B. 野猪林　　C. 云台山　　D. 横断山

989. 悟空来豹子山寻访兵器,见路上有两个小妖,他变作个( )飞到妖精头上听到实情。

　　A. 小鸟　　B. 蛤蟆　　C. 蝴蝶　　D. 小鱼

990. 知道豹子山两个小妖是采办猪羊的,悟空用定身法定住他们,然后兄弟三人( )进虎口洞。

　　A. 两个小妖　　　　　　B. 变作贩子和猪羊

　　C. 变作父子三个贩子　　D. 变作小妖和商人

991．豹子山偷悟空三人神器的老妖，在请祖父赴宴的柬上具名，是个（　　）。

　　A．斑斓猛虎　　B．金毛狮子　　C．金丝猴　　D．金色山猫

992．金毛狮奔到竹节山（　　）向其祖父九灵元圣报告吃亏之事。

　　A．灵谷洞　　B．盘丝洞　　C．九曲盘桓洞　　D．张公洞

993．竹节山老怪叫手下斗悟空沙僧，自己找机会将唐僧及玉华王父子一并摄去，原来（　　）。

　　A．老妖有九个头　　　　　　B．老妖是三头六臂

　　C．老妖使分身术　　　　　　D．老妖有大布囊

994．唐僧在金平府慈云寺元宵节赏灯，看到半空中三位佛身，不听劝诫，被妖怪摄至（　　）。

　　A．玄鸣山朱雀洞　　　　　　B．富士山亢龙洞

　　C．恶龙山玄冥洞　　　　　　D．青龙山玄英洞

995．师徒登上灵山，来到宽阔水域，有座独木桥叫凌云渡，他们不敢走；接引佛（　　）。

　　A．驾了热气球渡了他们　　　B．驾云渡了他们

　　C．撑了无底船渡了他们　　　D．乘了个风筝渡他们

996．如来在大雄宝殿接见四人，叫（　　）引四人去取经卷。

　　A．观音、文殊　　　　　　　B．迦叶、阿难

　　C．地藏、罗汉　　　　　　　D．济公、寒山

997．迦叶、阿难问唐僧要人事，直到第二次给了（　　），才取了有字的真经。

　　A．唐皇帝赐的紫金钵　　　　B．随身的夜明珠

　　C．家传的玉镯　　　　　　　D．祖宗的地契

998．八大金刚送唐三藏回国，如来看唐僧受难明细，只有八十，又叫生一难，因为（　　）。

　　A．八十一数字最吉利　　　　B．道数中九九至尊

　　C．佛门中九九归真　　　　　D．这是天罡之数

999．唐僧师徒最后一难发生在（　　），老鼋因为唐僧失信而中途不愿驮他们。

A. 子母河　　　B. 流沙河　　　C. 通天河　　　D. 刚果河

二、多项选择题

172. 悟空帮凤仙郡求雨,却得知玉帝立(　　)三项事。
A. 小鸡啄尽米山　　B. 狗甜尽面山　　C. 灯火熔断金锁
D. 精卫填海成功　　E. 千年铁树开花

173. 凤仙郡因悟空劝善结束三年大旱,群拜(　　)。
A. 雨部　　　B. 雷部　　　C. 云部
D. 风部　　　E. 日部

174. 玉华府上,众人见到三师兄弟,惊叫:(　　)。
A. 雷公　　　B. 猪魈　　　C. 猴精
D. 妖怪　　　E. 灶君

175. 悟空来到豹头山,看到两个小妖,名叫(　　)
A. 风里来　　B. 刁钻古怪　　C. 雨里去
D. 古怪刁钻　　E. 有来有去

176. 九曲盘桓洞老妖决定出战,点了将:(　　)。
A. 猱狮　　　B. 雪狮　　　C. 狻猊
D. 白泽　　　E. 抟象

177. 九头狮率众怪与三人相斗,双方做俘虏的是(　　)。
A. 沙僧　　　B. 八戒　　　C. 狻猊
D. 白泽　　　E. 抟象

178. 第二天九头狮用口叼走六人,中有(　　)。
A. 八戒　　　B. 大王子　　C. 二王子
D. 三王子　　E. 唐僧

179. 金平府元宵灯节可以看到各色彩灯:(　　)。
A. 雪花灯　　B. 花屏灯　　C. 核桃灯
D. 白象灯　　E. 仙鹤灯

180. 青龙山有三个妖王,分别叫(　　)。
A. 辟火大王　　B. 辟寒大王　　C. 辟暑大王
D. 辟尘大王　　E. 辟水大王

三、判断题

286. 凤仙郡三年未下滴雨,因悟空劝善,感动玉帝命神祇下大雨三尺多,郡内官民均感念唐僧、悟空,请悟空给新起寺院命名为甘霖普济寺。( )

287. 进入玉华县,八戒低了头,沙僧掩着脸,悟空搀着师父,两边的人惊讶地叫着:只有降龙伏虎的高僧,却没见过降猪伏猴的高僧!( )

288. 竹节山的九头狮原是太乙天尊的坐骑,悟空前去请他,路上遇广目天王,天王认为悟空他们好为人师,所以带来灾难,行者不以为然。( )

289. 太乙天尊叫来狮奴一问,狮奴坦言前天偷吃了甘露殿中的酒睡着了,天尊就说那是太上老君送的轮回琼浆,吃了醉三日不醒。( )

290. 师徒四人来到金平府慈云寺,廊下一个和尚听说三藏乃中华唐朝来的,倒身下拜说这里人都指望修到你中华地托生。这是大唐文化软实力的体现。( )

291. 慈云寺和尚看到唐僧与其弟子相貌悬殊,明白中华有俊的也有丑的,这是比较全面了解的客观看法。( )

292. 金平府每年灯节甚是隆重,百姓差徭很重,几百个大户每年需二百多两银子,大家习以为常,不会去反思其弊,更不会去想是否妖怪作祟。( )

293. 三藏与悟空路上讨论《心经》,悟空说只是念得不行要真解得,三藏骂悟空,而悟空与师父再不言语,八戒笑倒,沙僧喜坏,都说悟空妖精出身又没听讲,说解得是弄虚头,而唐三藏却说:"悟能、悟净休要乱说,悟空解得是无言语文字,乃是真解。"上乘佛法乃无言!( )

294. 天竺国中唐僧得了绣球,行者回到馆驿说了此事,八戒跌脚捶胸大骂沙僧阻止自己去大街,不然绣球会被他接着,损失了发财升官机会。( )

295. 毛颖山上悟空全力除妖,忽闻九霄太阴星君携嫦娥来救妖怪,并说此妖是捣药的玉兔,国王之公主是蟾宫之素娥,曾打玉兔一掌,今日之事乃玉兔报一掌之仇,这是明显的因果报应思想。( )

296. 唐僧师徒离开寇员外家那夜,当地一伙因宿娼、饮酒、赌博,弄得无计生活的强盗,因员外名声在外,就决定在他家下手,真是财招灾。( )

297. 寇家陷害唐僧等人,分明是因为那寇员外老婆想斋僧而唐僧他们不受,心生怨恨,又加今日遭到无名之灾,就编造唐僧他们抢劫情节。( )

298. 师徒上了无底船,上溜头泱下一个死尸,三藏见了大惊,悟空说那个原来是你,八戒与沙僧也这样说,这是脱胎换骨,重新做人的表证。( )

299. 阿难拿着向唐僧要的金钵微微而笑,那些力士、庖丁、尊者一个个刮他的脸,讥他索要取经人的人事,直把脸皮羞皱了,他拿着钵不放。此一情节作者好像存着深意。( )

300. 唐僧师徒最后一难是在通天河被老鼋扔到水中,打湿了经卷,在陈家庄老陈家院子里的石头上将经晒干。( )

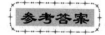

一、单项选择题

983. A **984**. B **985**. D **986**. C **987**. B **988**. A **989**. C **990**. D **991**. B **992**. C **993**. A **994**. D **995**. C **996**. B **997**. A **998**. C **999**. C

二、多项选择题

172. ABC **173**. ABCD **174**. BCE **175**. BD **176**. ABCDE **177**. BCD **178**. ABCDE **179**. ABCDE **180**. BCD

三、判断题

286. 错 **287**. 对 **288**. 错 **289**. 对 **290**. 对 **291**. 对 **292**. 对 **293**. 对 **294**. 错 **295**. 对 **296**. 对 **297**. 对 **298**. 对 **299**. 对 **300**. 错

八、师徒取经回东土，各自成功得正果

（第一百回）

内容简介

　　这一回是全书结局，包括两个方面：一是取经成功，将佛经从西天佛祖那里取回东土（大唐），完成唐太宗交给的任务；二是四众完成修心过程，各成正果。小说叙述玄奘取经自贞观十三年至二十七年回长安，而历史上实际是贞观元年至十七年；小说言玄奘为唐太宗派去取经，并称之为御弟，历史是玄奘偷渡出关，回来确实受到礼遇；《圣教序》全称《大唐三藏圣教序》，传为太宗李世民所撰；雁塔即大雁塔，是今西安城内著名建筑，小说言太宗皇帝在塔里种种活动属于虚构，历史事实是大雁塔是太子李治为追念其生母文德皇后（即长孙氏）祈求冥福，报答慈母恩德，奏请太宗敕建佛寺，赐名"慈恩寺"，请玄奘担任上座法师，而大雁塔所在的大慈恩寺是玄奘专门从事译经和藏经之处；四众中唐僧与悟空最终成佛，而八戒成"净坛使者"，沙僧为"金身罗汉"，小龙为八部天龙马，结果并不相同。

　　这样的完满结局符合中国人的欣赏习惯，但是从美学角度看未必是最好的。中国古典小说与戏曲大多是这样的大团圆结局，这是值得反思与探讨的审美问题。从历史上看，中国古代小说和戏曲的主要消费对象是低层知识分子和广大文化程度很低的民众，他们一般不会从高级审美理论角度去欣赏文学艺术作品，多为劳动之余的消遣，因此喜欢这类最终皆大欢喜的结局。再说，中国深受佛教影响，而因果报应是佛教义理中极为重要的观念，依此观念，在小说与戏曲这样的叙事性作品中以大团圆结局为基本模式就顺理成章了。

自我检测

一、单项选择题

1000. 师徒四人回到长安,太宗皇帝盛宴欢迎,且专门写了一篇（　　）,造了雁塔寺传经。

　　A.《文选序》　B.《兰亭序》　C.《临河叙》　D.《圣教序》

参考答案

一、单项选择题
1000． D